廖书兰 著

黄花岗外

金耀基 题

团结出版社

图书在版编目（CIP）数据

黄花岗外 / 廖书兰著 . -- 北京：团结出版社，
2021.12
　　ISBN 978-7-5126-9204-6

　　Ⅰ.①黄… Ⅱ.①廖… Ⅲ.①小说研究－中国－近代
Ⅳ.① I207.42

中国版本图书馆 CIP 数据核字 (2021) 第 204169 号

出　　版：团结出版社
　　　　　　（北京市东城区东皇城根南街 84 号　邮编：100006）
电　　话：（010）65228880　65244790（出版社）
　　　　　　（010）65238766　85113874　65133603（发行部）
　　　　　　（010）65133603（邮购）
网　　址：http://www.tjpress.com
E-mail：zb65244790@vip.163.com
　　　　　　tjcbsfxb@163.com（发行部邮购）
经　　销：全国新华书店
印　　装：三河市东方印刷有限公司

开　　本：160mm×220mm　16 开
印　　张：14.75
字　　数：187 千字
版　　次：2021 年 12 月　第 1 版
印　　次：2021 年 12 月　第 1 次印刷

书　　号：978-7-5126-9204-6
定　　价：68.00 元

黄花崗外

金耀基題

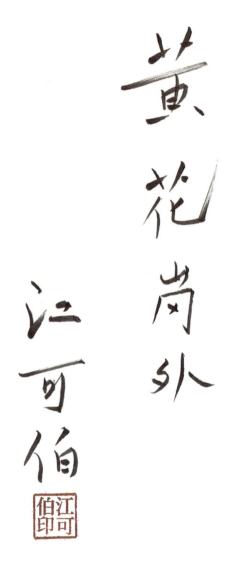

黄花尚外

江可伯

廖书兰应中山大学邀请前往演讲，拍摄于校园内由日人梅屋庄吉铸造孙中山铜像前

《黄花岗外》（港版）馆藏于大英图书馆，图为汉学家Hutt Graham与作者廖书兰

何沛雄教授是廖书兰硕士与博士论文指导教授，合影于香港大学陆佑堂

廖书兰与康德黎医生曾孙(左)及孙子(右)合影

廖书兰访问位于广东省芳村的黄世仲纪念馆

廖书兰博士受邀参加"纪念辛亥革命100周年大会"

　　2021年纪念辛亥革命110周年，廖书兰博士于6月12日应香港孙中山纪念馆邀请，以"香港与广州首义——由《党人碑》说起"做专题演讲，此次讲座通过现场和线上直播的方式进行，现场座无虚席

2002年12月，廖书兰拜访中国驻英大使馆，参观孙中山先生伦敦蒙难室

何 序

　　小说之兴，盖始于神话传说，次则肇自稗官野史、街谈巷语，继而文士乘兴而作，由是体制寖生矣。迨及唐代，乃有刻意撰写之篇，于是志怪、言情、叙事、述史之作，各类纷陈，趣味盎然。降及宋代，说书讲史，风行一时，衍为短篇、长篇小说，内容多彩多姿矣。洎乎明清之世，小说之作，出自名家，而以章回小说，尤为脍炙人口，如《三国演义》《西游记》《金瓶梅》《聊斋志异》《儒林外史》《红楼梦》等，可谓凌轹百代，享誉古今中外也。

　　现代流行小说，题材内容殊多，若武侠、科幻、神怪、仙道、写实、讽刺、侦探、财经、杏林、传奇、翻译、同性恋、人鬼恋等等，琳琅满目，不一而足，唯独欠"革命"一类耳。

　　综观中国历史，"革命运动"见之于清代，曰太平天国革命，曰辛亥革命；前者仅十四年而终，后者经十次挫折，第十一次成功，建立民国，乃有今日之中国也。现代学者，研究辛亥革命之论文、专著不少，然以其背景、史事而撰写"革命小说"者，殆以黄世仲为首焉。

　　黄世仲是香港居民，曾亲身参与黄花岗起义，辛亥革命成功，亦尝参与广州光复独立。在此期间，黄君除直接参与实际行动外，更以文字宣扬革命工作，办报刊、写小说、撰诗文，不遗余力。在其"革命文学"作品之中，论者以为，其"革命小说"最为杰出，尤以《党人碑》视作至要，盖此乃切背景、划时代之作也。

　　《党人碑》之内容，以革命反清为主题，结构情节生动，人物性格突出，邀人回味。今由廖书兰女士为之详细考订、分析，当有助读者体会其作意矣！

廖书兰女士，勤奋好学，才情洋溢，秀气灵襟，纷披楮墨之外，其散文、诗篇，广植艺林，惟孜孜矻矻，常在闺中，撰写诗文，通宵达旦，作品良多，正是"幽窗兰室透书香，黄卷青灯继晷光，翡翠笔林挥翰墨，清文满箧溢芝房"。今以其研究中国近代史与文学结合之成果，扩而充之，用成是书，吾以其必受读者俊赏也。

何沛雄　教授

己丑年兰月书于香港大学中文学院

贈廖書蘭博士

書蘭女士秀外慧中勤奮
好學工詩擅文在珠海大學
文史研究所修讀博士課程嘗
囊螢鑿壁膏硯匣隨身於今
論文成篇泥金雁塔洵可賀也
爰綴絕句貽之壬午年菊月
何沛雄識於香港芷凝軒

幽窗蘭室透書香
黄卷青燈繼晷光
翡翠筆林揮翰墨
清文滿篋溢芝房

002

陈 序

　　廖书兰小姐一向爱好文学，勤于写作，常有佳作在报章发表，嘉惠同好读者，殊属难得。

　　今日，廖小姐完成有关中国革命文艺健将黄世仲著《党人碑》小说的研究，并将出版单行本，实有其历史的意义。当时，黄世仲撰写这部小说，只能以假名来写作真实故事，以协助革命。

　　《党人碑》的整个故事和情节，在基本上符合史实，其中谈到康有为等等逃往日本部分，相当重要。因为康有为之逃往日本，系由宫崎滔天陪同；梁启超之亡命日本，得到林权助的协助；王照之逃命日本，是由山田良政和平山周帮忙的。

　　黄世仲所写作《党人碑》的后面部分，受到宫崎滔天自传《三十三年之梦》的影响。这是很难得的。因其他情节与一般史实可以印证，故除佩服廖小姐花费那么多功夫去完成《党人碑》的研究外，我建议将拙稿《宫崎滔天对于中国革命的贡献》，和《宫崎滔天著〈三十三年之梦〉》二文作为附录，以供读者参考。

　　我希望这本书的问世，对于中国革命的研究有所帮助，更期待此书的降世，能使今日的中国人对黄世仲有更深一层的认识。同时盼望廖小姐在写作上有更辉煌的成就。

陳鵬仁 教授

中国国民党党史委员会　前主任委员

2009 年 5 月于台湾

黄序

在香港回归祖国十二周年前夕，廖书兰女士的新著《黄花岗外》出版了。拜读大作，感触良多，受益匪浅。特别是书中详尽描述和介绍了孙中山先生早年在香港的生活和从事革命活动的情况，使我们对孙中山先生有了进一步的认识与了解，从而激励我们要继承孙中山先生的遗志及发扬革命精神，为祖国统一和振兴中华作出更大贡献。

我一生最崇拜三个伟人，一是孔子，二是孙子，三是孙中山。我的案头总放着这三个伟人的画像，以作为激励自己如何做人处事、不断向上进取的鼓舞力量。

众所周知，孔子是我国春秋末期的思想家、政治家、教育家，是儒家思想的代表人物。自汉代以后，孔子学说成为思想文化的正统，长达二千多年，影响极大。他首倡私人讲学的风气，主张"有教无类"，因材施教，重视教育，在今天仍有很大的现实意义。也因此，孔子被尊奉为圣人，是我心仪的大师。

孙子，名武，字长卿，是我国古代哲学家，与至圣先师孔子同一时代。他将大半生时间专注于著书立说，著有《兵法十三篇》，又称《孙子兵法》，主要分析战争形势和探讨军事作战策略，其精华是"知己知彼，百战不殆"。《孙子兵法》不仅是世界第一的兵书专著，更是现代人经营、沟通与生涯规划等各方面必读的经典作品，对我启迪很大。

孙中山先生（1866-1925）是伟大的革命家和先行者，为了推翻帝制和建立新的共和国，他奉献了一生。孙中山先生与香港的关系密切，他的中学教育部分是在香港接受，而大学阶段则在香港大学前身香港西医书院度过。投身革命后，孙中山先生曾多次到香港，并以香港为策划反清起义的基地。1923年2月，孙中山先生最后一次到香港，曾在香港大学演讲，说："从前人人问我，你在何处及如何得到革命理想？吾今直言答之，革命理想系从香港得来。"孙中山先生是港大毕业生，他的革命思想以及后来的思潮，对中国革命产生了很大影响。正由于此，港人都以孙中山先生为殊荣。

孙中山先生的革命理念是："天下为公、世界大同。"他提倡的"三民主义"——民族主义、民权主义、民生主义更是深入民心，人人皆知。特别是在谈及建国方略、实业计划、建国大纲、五权宪法等问题，更是值得我们认真学习与研究。

孙中山先生留下的遗嘱是："革命尚未成功，同志仍需努力。"今天香港、澳门已相继回归祖国，但我们的祖国尚未完全统一，台湾仍孤悬外岛。因此，我们要继承孙中山先生的遗志，发扬革命精神，继续致力于祖国统一大业，实现中华民族的大统一、大振兴。只有这样，才不辜负孙中山先生的遗愿。

值此香港回归十二周年之际，拜读廖女士的新著《黄花岗外》，更加倍感鼓舞与亲切，同时也深切领悟前途光明，任重道远。承蒙廖女士的恳请，特写此文，是为序。

 博士

2009年6月　九龙总商会　理事长

郑序

　　一个民族如果没有真实的历史，这个民族是没有尊严的；一个诗人如果没有真挚的感情，这个诗人是没有品格的——我曾经说过这样的话。现在我把这两句话再倒过来说一遍：一个民族拥有真实的历史，这个民族必有尊严；一个诗人拥有真挚的感情，这个诗人也具有了品格。诗人书兰女士的新著《黄花岗外》是"为时代写的，也就是为民族写的"了。如此，我可以用这两句话来为这本新书定位了。

郑愁予　　教授

2009 年 6 月

于香港大学　陆佑堂

前言

1. 辛亥革命与香港

一般人对香港的看法是世界金融中心，凡事以经济挂帅，其实这只是香港社会多元化的一面。香港由于特殊地缘关系，地处南中国边陲地带，自宋、明以来，中原遇有战乱，就有人一路迁徙而来。近代中国大陆和现在的台湾也一样，且看台湾近几年有学术界、文化界、商界等人士陆陆续续过来香港发展。所以，从历史的角度来分析，香港是中国人的避难所，同时也是外国人进入中国内地的重要门户。直到今天，很多外商、台商都在香港设立办事处，而中国内地也有很多商人选择在香港设立公司。换句话说，无论是要进入中国内地还是打算从中国内地走向世界，都必须经过香港。虽然，在 2008 年 12 月 15 日海峡两岸正式"三通"之后，香港在过去两岸分治长达 60 年中所担当的角色，随着时移势易，将面临严峻挑战，但笔者相信，这种特殊地位在未来的一段长时间仍然难以被取代。将来，香港如何在旧的三角位置中找寻新的方向？笔者相信聪明、勤奋、适应力极强的香港人定能很快地找到新目标。

在我研究孙中山先生的国民革命历史中，我惊讶地发现，在改变中华民族命运的近代革命中，香港人发挥了极其重要的作用。在推翻清廷、建立民主共和国家的过程中，香港居民起了关键作用，所以辛亥革命的精魂在香港（当时香港虽是殖民地，东西文化荟萃，华洋汇聚，但居住的人仍以中国人为主，所以中华民族的观念很强，因而提供了中国革命的因子）。

孙中山先生尝曰："从前人人问我，你在何处及如何得到革命思想，吾今直言答之：革命思想，从香港得来。"回顾孙中山先生领导的国民革命，于光绪二十一年乙未年九月初九（公历 1895 年 10 月 27 日）在广州发动第一次起义，迄今已 114 年（2021 再版，已有 126 年）。由于该次起义未发一枪即告失败，历来无人研究其原因。1907 年，《党人碑》连载于广州出版的《时事画报》。这是一部描述这次起义的小说，也是世界上第一部以描写孙中山先生领导的革命——第一次广州起义为题材的小说，具有宣传推翻清廷的意义。它是香港居民黄世仲所写的 20 部小说中的一部。

可能是地缘的关系，在第一次起义行动中，杨衢云统率香港一路，其所招募的四百人也大多是香港居民。在孙中山领导的十一次起义中，有三次起义的地点在广州，且兴中会和同盟会的初期党员均以粤人为主。兴中会于甲午年（1894）在檀香山创立，翌年即在香港设立总部；同盟会 1905 年在东京成立，嗣后也在香港设立分部。

香港与辛亥革命的关系十分密切，兴中会、同盟会在广东等地进行反清活动及政治宣传活动，都是以香港为策划地及后援基地。

李谷城在《国父孙中山先生逝世七十四周年纪念会》演讲稿中说："兴中会的创办人、同盟会的领袖、中华民国的国父孙中山，与香港有不解之缘。1894 年以前，孙中山除 1878 年 5 月至 1883 年 7 月在檀香山五年求学之外，其余时间均在香港、广州上学和在澳门、广州行医。孙中山的青年时代是在香港度过的，他的中学、大学教育也是在香港完成的。自 1894 年兴中会成立以来，孙中山领导和策划的反清革命活动，以香港为基地。1905 年中国同盟会成立以后，香港成为同盟会南方支部的所在地。孙中山虽遭港英政府禁止入境五年，但他经常利用途经香港的机会，在船上接见革命党人，作具体指示；香港革命党的人事安排及重大政策，都是他决定的，譬如：1900 年他指派陈少白到香港创办兴中会的机关报《中国日报》；同盟会成立后，派冯自由到香港组织分会（后任会长）……"

香港新界沙头角莲麻坑村叶定仕故居于1907年参照孙中山先生翠亨村祖屋兴建（叶瑞山提供）

2009年香港政府将故居评为香港法定古迹，2011年完成复修（叶伟彰摄影）

孙中山、尤列、杨鹤龄、陈少白（夔石）、关景良（关心焉）、郑士良（弼臣）、何启、杨衢云、谢缵泰、黄咏商、邓荫南、李柏（纪堂）、王煜初等等都是香港居民，这些是大家耳熟能详的名字，还有很多很多你我不知道的香港居民，也都是辛亥革命一分子。由此可见，香港确是孙中山领导革命的重要城市。

笔者翻阅有关辛亥革命的史料，也经常看见与香港有关的人与事，现举例如下：

——1896年3月4日，港英政府颁令，自即日起放逐孙中山出境，禁止孙中山在香港居留，以五年为期。但孙中山已于1895年10月31日（阴历九月十四日）冬离开香港东渡日本。当时，由于英国当局不准孙先生在香港登岸，所以召开干部会议于船中。

——清季革命党员捐助历次起义军饷最巨者，以李纪堂为第一。其乃香港富商李升之第三子，其父逝世，分得遗资百万，益挥金如土，孙中山言"毁家纾难第一人"。

——刘学询派其子送到香港五万元（一说三万元）。

——素与兴中会关系密切的香港议政局议员何启，有心策动两广总督李鸿章和孙先生合作，宣告广东独立自保，以免生灵涂炭。

——内田良平与刚自香港归来的平山周，以及内田邀约的中野熊五郎等人也随同于8月29日抵达上海。结果决定山田经福建去台湾；平山先去香港，再到台湾；孙先生与内田良平经长崎赴台湾。

——有兴中会员陈南，来自香港。

——郑士良在香港接到孙先生指示取道沿海北上、攻向厦门密电。

——孙先生到香港时，因准备未周，命郑士良暂勿发动。此时，正是革命士气旺盛之际，但却由香港转来孙先生电报："情势遽变，外援难期，即至厦门，亦乏接济之途，军中之事，请司令自决进止。"

——兴中会方面，先由陈少白往返港、日，筹划半年以上，于1900年1

月在香港创刊《中国日报》。

——杨衢云自日本回香港部署，史坚如、邓荫南在广州策应，最重要的是郑士良在惠州数年来纠合的"三合会"健儿六百多人待命揭竿。

——平山周为联络中国同志急赴香港（按平山偕同郑士良去惠州实地了解三合会同志人数及械弹数量和种类，并在香港与保皇党人有接触）。

——孙中山于 1902 年 1 月 18 日，离横滨去香港；2 月 3 日，返回横滨。1903 年 1 月 7 日，经香港赴越南；7 月 22 日，再由越南、夏威夷、香港，返回横滨，住在横滨山下町二四○番地，振华商店廖翼朋处。

——1906 年 4 月 24 日，中山先生由新加坡，经香港回到横滨。

——孙先生一行所乘轮船于 6 月中旬抵达香港，平山周则在数天前已赴上海，因为唐才常正在上海筹开国会，并准备于湘、鄂、皖各省发难，所以平山周前往观察情势，然后回到香港会合；继之，福本诚、尾崎行昌、原祯、末永节、岛田经一等人也陆续自日本出发，分头赴香港、上海两地。

以上所列只是香港与辛亥革命有关的一二事迹而已，笔者深信香港有千千万万的人与事，为辛亥革命作出贡献而默默无闻的仍不计其数。

在孙中山领导的革命中，香港居民黄世仲不仅是革命烈士，也是杰出的文字功臣，当时已有人说，"黄世仲支笔，胜过三千支毛瑟枪"。而黄世仲被陈炯明所害，他的悲剧是辛亥革命的阴暗一面。以共和为宗旨的革命，却如此的不共和，连同志之间的不同意见，都不能容忍，何况这位同志还是革命功臣！环顾那个年代，参加辛亥革命的文人，谁有这么多的作品？黄世仲是那个年代的金庸，短短数年间，有这么多创作，近代文坛谁可相比？他有文字革命的三支笔：小说、社论、诗词歌赋。

为寻找和收集黄世仲的个人资料、《党人碑》的背景材料和国民党党史史料，笔者在近十年的时间里，寒冬酷暑，奔走于中国香港（据悉日本人侵占香港三年八个月，将港大冯平山图书馆珍贵典籍盗运一空）、内地和台湾的各图书馆，劳累异常，甘苦自知。亦曾前往伦敦大英博物馆寻找孙中山手稿和驻英大使馆的档案数据，并亲自到美国西岸和东岸拜访国民党美西和美东支部，参观过"少年晨报"旧址，从中亦发现一些孙中山鲜为人知的感人小故事。

而一遍遍撰写、修改本书，更经常通宵达旦，困得天旋地转。可是，一想到黄世仲这位备受折磨的辛亥革命英雄，就仿佛看到他满含冤苦的眼神。我告诉自己，这位先辈死于风华正茂的 41 岁，而在今天，他的同龄从政者仅是"梯队人选"，或正被当作接班人在培养。而与他同龄的文化人，正是创作力丰沛的时期。于是产生了更巨大的动力，对黄世仲呼喊"魂兮归来！"把你血液中的铁质，分一些给我们今天的政治家，还有你的才气、你的正直和你的执着。

2. 黄世仲与辛亥革命

黄世仲在孙中山领导的国民革命中，是一位报人、革命宣传活动家、杰出的文字工作者。在他短短的一生（1872—1912）中，除热衷于革命、为革命理想办报、撰写大量政论文章外，还留下了许多文学作品，包括小说、报告文学、杂文、诗词歌赋、南音和粤曲等。其中尤以小说的成就最高，影响最大。

在浩瀚的文学沧海之中，小说仅为其中的一种类别。小说在内容上又可分为言情、武侠、历史、讽刺、侦探、科幻等种类。在孙中山领导的革命中，集记者、报人、作家、诗人、革命家于一身的黄世仲，是当时公认的以笔为剑的文化猛将。

他在旅港 8 年间，追随孙中山鼓吹反清革命，在中国开创了近代革命小说之先河，这与他所处的时代背景及本人投身的事业有关。鲁迅在其《革命文学》一文里说得好："我以为根本问题是在作者可是一个'革命人'，倘是的，则无论写的是什么事件，用的是什么材料，即都是'革命文学'。从喷泉里出来的都是水，从血管里出来的都是血。"这正好是黄世仲文学生涯的写照。

1893 年，黄世仲偕兄伯耀远渡南洋谋生。1895 年黄世仲回到香港和广州，目睹广州起义失败，决心以小说形式来宣传革命，为推翻清廷贡献己力。1901 年，黄世仲在南洋参加了兴中会的外围组织"中和堂"，在新加坡的《图南日报》发表百多篇诗文。1903 年再度返港加入《中国日报》开始参与新闻工作。1905 年秋，同盟会成立，黄世仲成为该会的第一批盟员，并在报上发表政论和文学作品，努力为革命理想而奋斗。他参与策划并亲身加入辛亥年（1911）的广州黄花岗起义，在枪林弹雨中接受严峻的考验，在该次起义失败后竟冒险留在广州观察事态的后续发展，还发表了记叙起义的小说《五日风声》。他作为革命的亲历者和参与者，其创作的作品重现革命史实，确是弥足珍贵。武昌起义成功后，黄世仲又参与了广州的光复独立，1912 年被任命为民团总长。可以想见，如不被冤杀，他在以后的岁月中，极可能大有作为。可见无论是黄世仲所创作的革命小说，还是所投入的革命活动，都显示出他的巨大热情和强烈的时代使命感。

自 1905 年起到 1912 年止，他写过近二十部小说。现存十四部小说中以革命为题材的，有《洪秀全演义》《党人碑》《朝鲜血》《十日建国志》和《五日风声》。《党人碑》是世界上第一部以描写孙中山领导的国民革命——第一次广州起义为题材的小说，具有宣传推翻清廷的意义。每一章首皆有两行诗作为开卷语，保持中国传统章回小说的结构特色。其情节生动活泼，故事环环相扣，引人入胜。

在整个 20 世纪，像黄世仲那样身兼革命家和文学家，并在小说创作上获得如此成就的，可说前所未有。在黄世仲影响深远的革命小说中，《党人碑》具有启发民智、号召推翻腐败的清政府的作用，且内容是叙述第一次乙未广州起义，令作品产生划时代意义。笔者认为，无论《党人碑》或是作者黄世仲本人，都是中国近代文学史上的重要课题，可惜历来少有人研究。而对于黄世仲在中国革命史上的功勋，由于他遭逢冤屈，未殒身于战火烈焰中，却被"自己人"诬加罪名而冤杀枪下，加上某些人为之抹黑，其悲剧竟鲜为人知，令人扼腕，确是志士仁人莫大的悲哀！笔者崇敬黄世仲的历史功勋，为他的冤屈感到痛心。我决心还黄世仲的真面目，确立黄世仲在中国近代文学史上的地位。

2001 年 8 月，纪念黄世仲基金会与香港广东社团总会在香港联合主办"辛亥革命九十周年纪念暨黄世仲投身革命百周年"国际学术研讨会并出版论文集两册，对关于黄世仲的学术研究起了很大的推动作用。这次研讨会首次大规模研究黄世仲在中国近代史和革命史上的重大贡献，还原黄世仲的真面目，确立黄世仲在中国近代文学史上的地位。大会的两本论文集是海内外学者研究黄世仲最新、最丰富的成果结集，有着深远的意义。但在提交大会的论文中尚无研究《党人碑》的文章。笔者受研讨会及其论文集的启发，研究《党人碑》，也算为承继黄氏文学遗产稍尽绵薄之力。在笔者决定撰写此书时，因纪念黄世仲基金会的帮助，幸运地得到了颜廷亮和赵淑妍两位教授校点的《党人碑》（"黄世仲小说六种"之一）打印稿，和颜廷亮的论文《首部通篇碑赞孙中山的晚清长篇小说——黄世仲〈党人碑〉略论》，获益匪浅。

这份《党人碑》打印稿是目前收集原作最齐全，并经精校的最佳版本，错字很少，所以拙书即据此份打印稿撰写，引文也全据此版本。但需指出，许翼心的《关于黄世仲小说作品初刊版本的若干补正》提到最早提及《党人碑》的是李默，并且认为"《党人碑》反映十数年来革命党人起伏之情状"。但颜廷亮的《关于拟即重印的黄世仲小说五种》提到：最早发现黄世仲写《党人碑》的是王俊年，他在《"五四"以来中国近代文学研究之回顾和对今后工作的设想》的注文中说到这一点。

关于《党人碑》究竟首刊于何时？亦有几种不同的说法，笔者认为，颜廷亮指出《党人碑》始刊于广州出版的丁未年八月二十五日（1907 年 10 月 12 日）二十二期《时事画报》最为可信。

令我雀跃的是，在台湾中国国民党党史委员会（现今的文化传播委员会党史馆）和香港中山图书馆找到一些相关的史料，因《党人碑》原文约有三分之一散佚，正好作为补阙，所以另辟一章称《党人碑》补阙，希望经整理后，有个完整的史实面貌。最后要提及的是，从来没有研究《党人碑》的专书论文，除了颜廷亮教授的一篇文章《首部通篇碑赞孙中山的晚清长篇小说——黄世仲〈党人碑〉略论》。因此我的研究，只能作为个人对此书的粗浅评价，希望读者和饱学之士赐予指正。

由于《党人碑》阙佚的内容很多，拙书中特专列一章，搜集有关的史实和事实，供学者和读者参考。

笔者撰写本书时，《党人碑》仅是刚被发现而尚未出版的打印稿，尔后于2003年出版重印本。而研究《党人碑》的论文也仅见颜廷亮的一篇，笔者不揣翦陋，撰写此书，并大胆提出一些与颜文不同的观点，敬请方家指正。

本书付梓，荷蒙乡议局刘皇发主席推介，金耀基教授题书名，何沛雄教授、陈鹏仁教授与黄炽雄博士及郑愁予教授赐序，并获陈鹏仁教授及郑愁予教授不吝将其大作鸿文和组诗附于书后，以增光宠，不胜感激；又蒙香港崇正总会、冯彦伉俪、孔教学院赞助，谨此致谢。

2021年恰逢辛亥革命成功110周年，由团结出版社出版简体字增订本，蒙江可伯先生题书名并赞助，谨致谢忱。

目　录

第一章　黄世仲的革命人生

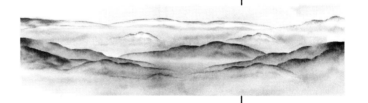

1.1　家世渊源

晚清文坛奇才黄世仲，又名世颂，字小配，一字配工，号棣荪，笔名世、帝、荪、棠、棣、莞、亚莞、老棣、黄棣、棣荪、黄棣荪、世次郎、禺山次郎、禺山道人、世界一个人、黄帝嫡裔。清同治十一年生于广东番禺（秦置，以境内番山、禺山得名），为该县茭塘司崇文二十四乡大桥（今广州市芳村区西朗村大桥）人。祖父仕华，生有四子一女：长子有忠，次子有财，三子有腾，四子有滔，女名薀姑。世仲是有腾之子，有兄耀恭，弟灿。耀恭又名伯耀，后也为兴中会会员和革命报人。

黄世仲家世，据其先祖黄士俊的著述，黄氏先世黄元甫，为久康之后，久康为黄化之裔，化为黄峭山之支，峭山则源出战国春申君。

黄世仲先世元甫于宋仁宗至和三年（1056）出世于江夏保昌珠玑里，后迁广东雄州，再迁顺德，成为顺德黄氏的始祖。

《黄垂宪堂族谱》（嘉庆二十五年）记载：

始祖元甫，字道宏，号郎峰，生于至和三年，姚施氏。郎峰太祖先自江夏迁五粤之雄州，世次邈哉，弗可纪矣。公生于保昌珠玑里，宋季始迁顺德甘竹堡，卜居右滩罗香坊，是为我族之始祖。始祖升遐之后，有婿千户牛氏点穴与姚施氏合葬新会曲萌园。

又记叙始祖入粤后情况：

为粤中望族，以理学见著于世，传至十六世邦直，师事湛子甘泉，以贡仕训令、教谕，爱民造士，有令誉于地方；步至好学，不重名利金帛，教读毓秀为乐，尤与方献夫友善，时相酬唱。

邦子珠江，领嘉靖戊午乡荐，令武昌，历官兵备副使，祀乡贤。圣曾孙亮垣，万历丁未科状元及第，历官文渊阁大学士，加太子太保。

以上据族谱知黄氏先祖在宋、明两代的简况。其中亮垣即黄士俊，郭汝诚《顺德县志》记载：

黄士俊，字亮垣，号玉仑，曰碧鸡钓叟者则予告后所署也。……士俊，生七岁能文词。……万历丁未第进士，廷对第一。

后历迁官至礼部尚书、太子太保。他于永历三年，应召入南明，参与抗清运动。马楚坚著文说："考绎黄士俊与何吾驺伪降，游说清将李成栋反正，使陷于清手之广东，不费吹灰之力，重回南明怀抱中，于改变永历态势，与有功焉。"

马文又说：

黄士俊既参与抗清复明运动，清顺治七年（1650）末以永历兵败远走广西、云贵，因年老不能随南明军转移，孑然退隐山林，数年足不下楼，至八十五岁去世。子孙承其忠孝之身教，不忘先人忠烈精神，及民族气节，故后裔终清世皆无仕者，盖以耕读自励也。

学者罗香林访知黄士俊后裔的情况说：

尝访知士俊孙承珣恸祖母潘氏而亡，其子侄傅、善等皆隐而不仕，对外人绝口不涉祖事，士俊著述亦密藏，致为文网漏鱼。善子隶兆，生文荪。道光间，文荪迁家番禺菱塘大桥村，遂为番禺黄氏分枝之宗焉。文荪卜居后，置塾于鹤洞课徒，教授里人子弟。荪子仕华，华生子：有忠、有材、有腾、有滔。

在道光、咸丰或同治年间，高祖因战争频繁，迁居番禺大桥，此时家道逐渐中落，至世仲父辈，已穷得家徒四壁，甚至连锅铲也无一把，且因无钱读书而目不识丁。世仲父亲只好以贩菜为生。后在纸厂打工，并于此时娶妻。老板见他忠厚勤恳，后来将此厂交给他打理。

1.2 少年时期

世仲"少颖悟好学，读书过目成诵"。但喜读"野书"，痴迷于《水浒传》《三国演义》《红楼梦》《精忠岳传》和《绿牡丹》等被禁的戏曲小说。他自述：

> 然吾敢信读《水浒传》者，骤生其独立不受羁压之感情，转瞬而使读《红楼梦》，必骤变其悱恻缠绵之观念。吾亦有言：读《水浒传》，无有不爱李逵爷爷者；读《红楼梦》，无有不爱史湘云者。非谓梁山泊如宋江、吴用，以权术用事，得一天真烂漫之李逵而始爱之也；又非谓大观园繁华奢侈，粥粥群雌，得一豪迈英爽之史湘云而始爱之也。唯其随地随时随人，而感觉力使然耳。(《黄世仲大传》)

文学作品中的人物，对他日后豪迈俊爽的性格和文风的形成有很大的影响。学者罗香林在《乙堂札记》中介绍黄世仲幼少年时代的聪明好学：

仲至九岁已能阅《通鉴纲目》《通鉴纪事本末》，十岁则读《史》《汉》而《通鉴》，十二岁则萧《选》《唐宋八家文》，皆能诵。且幼嗜说部，致野史、小说无不寝馈。并好谈论太平天国事、戏剧所演于长辈，每得必笔而录之，高曾父老莫不以龙象视焉。

世仲幼喜粤剧（俗称大戏），"孩童随父兄入于演剧之场，见夫傀儡登台，忠奸贤佞，神形必肖，为之心往神移。遇忠者爱慕之，奸者怒嫉之。演至富贵荣华，而心为之炫；唱至生离死别，而神为之酸。若见乎贪官污吏，土豪恶棍，鱼肉乡民，而含冤被害者，忽不觉悲咽之何从。一经报应不爽，则又以为天眼昭昭，而心为之大快。'及观剧毕，随父兄回寓，犹津津焉谈道弗衰。'见乎奸邪逞势也，为之欲泣；平蛮诛佞也，为之喝彩。片刻间而灵魂活动，七情变用，一若为场上诸优伶电力所摄而去者。诚不料易性移情，一至如是其极也哉"。

戏曲思想在潜移默化中影响了他。更且时值太平天国事败之后，戏班以演剧传播反清思想，受此影响，"童时与高曾父老谈论洪朝，每有所闻，辄笔记之"。罗香林又认为：

胡元一代，为外族入据版图，施耐庵、罗贯中之徒，嫉世愤俗，借抒孤愤。《水浒传》之作，所以寄田横海岛，夷齐首阳之志，而发独立之思想也。《三国演义》之作，所以寓专汉通，排窃据之微言也。吾尝有言，能熟读《水浒传》与《三国演义》者，必无愚鲁之人。盖其威力之宏大，诚有不可思议者。独惜吾国学研究，动以《水浒传》为诲盗，甚则谓男不可看《三国》之说也。吾不知其命意之所在，而总陷青年子弟于无知识中者，此罪断不能为若辈讳。

世仲早年所读的小说和所接触的戏曲，培养了他的反清思想。世仲在十二三岁时，与兄长在佛山纸厂商店为父收账记账，处理店务。十四岁起，入佛山书院读书，与陈千秋（名冕，号礼吉，康有为的高足）"同研两载"。尽管黄世仲饱读诗书，博闻强记，但参加三次科举考试都名落孙山。于是他厌烦了科举考试，认为：

> 洎自朱明，以八股取士，腐儒只研究起承转合，脑河日窄，自不足以致开通，何足以开通社会？民气日颓，于是乎有甲申之变。满洲入国，八股取士之制，旧习相沿，于是乎今日列国纷乘之祸。进而言之，则圣经言传，正论庄言，此传世之文，而非觉世之书也。传世者，注重道德问题，顾在今日，则区区言道德不足以救国。（《黄世仲大传》）

当时为了求生机，也为了寻求觉世之路，黄世仲先往来于粤港澳之间，后又到番禺麦村，在其兄黄耀恭开设的私塾中教书。后来他娶的妻子也是麦村人。

1.3 以文学宣扬革命

光绪十九年（1893）冬月，黄世仲二十二岁时，"以居乡不得志，乃偕兄伯耀先后渡南洋谋生，初至吉隆坡，充某赌馆书记，华侨各界团体以其能文告，多礼重之。"1894年秋，中日甲午战争爆发，孙中山于11月在檀香山成立兴中会，提出"驱除鞑虏，恢复中国，创立联合政府"的纲领。翌年在香港成立兴中会总部，改誓词为："驱除鞑虏，恢复中华，创立合众政府。倘有贰心，神明监察。"

黄世仲于1895年回到香港和广州，具有反清思想的他，与昔日同窗陈千秋"久而于香江相遇，为康（有为）氏言论宗旨甚详。昔孙文倡事于广州，康氏曾以陈某的介绍，适谋于孙文"。黄小配著《洪秀全演义》序文中提及此事。此年康有为联络在京十八省举人"公车上书"拒签《马关条约》失败，接着孙

刊载《党人碑》之《时事画报》（香港大学冯平山图书馆）

中山发动的广州乙未起义，于十月因消息走漏而失败，陆皓东等数十名革命者被捕和牺牲，孙中山因此流亡日本。黄世仲目睹这次起义失败，痛恨清廷卖国求和的可耻行径，决心以小说的形式来宣传革命，追随孙中山的理念为推翻清廷而努力。

他四处收集英雄志士的事迹素材，曾上广州白云山蒲涧寺：

> 识璜山上人于羊垣某寺，适是年广州光复党人起义，相与谈论时局，随述及洪朝往事，如数家珍，并嘱为之书。余诺焉，而叩之，则上人固洪朝侍王幕府也。积是所闻既伙。

回新加坡后即开始构思创作《洪秀全演义》，于 1905 年发表于香港《有所

《中国日报》剪影

谓报》和《少年报》。同时参考日人宫崎寅藏（滔天）的回忆录《三十三年之梦》和部分史实，及党人的口述数据，加上作者本人的想象穿插，创作了《党人碑》，于1907年发表于广州《时事画报》。

据台湾中国近代史研究家陈鹏仁所言：1902年左右在中国南方风行《三十三年之梦》又名《三十三年落花梦》一书，当年黄兴看过此书深受感动，因而赴日时拜访宫崎寅藏，寅藏介绍孙文与黄兴两人相识，于东京中国餐厅凤乐园，双方畅谈两小时，此后孙、黄成为好朋友，促成日后同盟会的成立。

1895年，孙中山到达日本神户，见到当地的报纸，上面说"支那革命党首领孙逸仙抵日"，于是对陈少白说，这个意思很好，以后我们就叫革命党罢。陈少白的回忆（《兴中会革命史要》）与此略同，并讲到此前他们也只以为做皇帝才叫革命，自己只算是造反。显然，孙中山的"革命"思想，已接受了"西方共和革命"的内容，复加以排满的"种族革命"。

自孙中山流亡海外后，深知舆论政治的重要，于是派陈少白到香港创办《中国日报》（取"中国者中国人之中国"之义），宣传革命。该报创刊于1900年1月25日，被称为"中国革命提倡者之元祖"。陈少白任社长兼总编辑。社址设在香港士丹利街二十四号。

1901年秋孙中山的另一位好友尤列南下宣传革命，创设兴中会外围组织"中和堂"（取《礼记》中庸"致中和，天地位焉"之义），设于香港新界西贡，专联工界，以青天八针白日为堂徽。1903年易名为"中和党"，设分会于南洋各埠。时"黄伯耀、黄世仲、康阴田三人皆湛通国学之士，以绌于家计，出洋谋生，同在赌场掌理笔墨"，"及与尤相识"，一起参加了兴中会。尤列以"兴中会初期缺少文士"，"乃先后推荐三人于香港《中国日报》及新加坡《图南日报》充记者"。此前，黄世仲思想尚偏向康有为维新变法的立场，自结识尤列后，始明白康有为的保皇行径，只是维护清政府。他任香港《中国日报》记者时，见广州《岭海报》记者胡衍鹗著论排斥革命排满，指为"大逆不道"，"借题对革命党大肆抨击"，于是"著论斥之，持矛刺盾，异常透辟，双方文战月余始息"，"是为革命扶满两派报纸笔战第一次"。

光绪二十九年（1903），"康有为排斥仇满之政见书出世，《中国日报》与章太炎先后为文驳之，《中国日报》文字多出世仲手笔"。黄世仲再度与保皇党论战，以刊于《中国日报》的《辨康有为政见书》最为有名。《辨康有为政见书》词锋锐利，直斥康书"不明种界，不识民族，不识公理，千差万错"。全文三万言，在章炳麟《驳康有为论革命书》之前出版。其后此文还印成小册子，分送海外各地，"风行天下，人人争看"，黄世仲从此名闻天下。

当时他与章太炎南北呼应，抨击康有为保皇党的"非排满"论，其文犀利有力，粤港澳人至誉为"黄世仲支笔胜过三千支毛瑟枪"。

章太炎发表《驳康有为论革命书》，把康有为等人奉为神圣不可侵犯的光绪帝斥为"载湉小丑"，沉重打击了保皇党和改良主义者。接着，孙中山发表《敬告同乡书》，明确指出"革命者，志在倒满而兴汉；保皇者，志在扶满而臣清。事理相反，背道而驰"，号召划清革命与保皇的界限。而康有为则漫游各地，离印度、居香港。光绪三十年（1904），自香港至槟榔屿，自槟榔屿赴欧洲，重渡大西洋去美洲。

光绪三十年（1904）郑贯公创办《世界公益报》，黄世仲特辞职《中国日报》，以助其成。此报公开号召"变专制为共和，变满清为皇汉"，"投袂而起，光复中国"，被冯自由称为"香港革命党报之第二家"。后因出资办报的商家以为言论过于激烈，要求略变宗旨，郑贯公即停办此报，"又创《广东日报》，世仲均与共事"。

次年5月，郑又以开智社名义出版《有所谓报》，仍得到黄世仲的合作。1906年4月，郑贯公病逝，年仅二十六岁。郑贯公逝世后，黄世仲既办报纸又写小说。1906年黄世仲自办香港《少年报》，同时又大力帮助兄长黄伯耀创办《社会公报》。同年8月，黄世仲又与兄黄伯耀创办旬刊《粤东小说林》，于每旬逢九出版。此刊主要刊登小说，也有一些文学、诗歌等。每期之首"外书"专栏，还发表他俩所写小说理论文章一篇，宣传小说革命，鼓吹以小说振起国民的灵魂。

办报期间，黄世仲曾发表小说《洪秀全演义》和《二十载繁华梦》两种。《洪秀全演义》先后于《有所谓报》和香港《少年报》连载，小说出版时还请远在日本的章太炎作序。近事小说《二十载繁华梦》则连载于画家高卓廷、高剑父、潘达薇等在广州创办的《时事画报》。该画报以"开通群智、振作精神"为宗旨，主要鼓吹反清革命。1907年一度停刊，1908年在香港复刊。复刊后，注重时人时事摄影，常刊网线铜版的新闻图片，很受读者欢迎。1912年夏《时事画报》与广州《平民画报》合并，改称《广州时事画报》，继续宣传民主革命，反对袁世凯复辟帝制。1913年被迫停刊。

在《粤东小说林》的创刊号上，黄世仲同时推出以世次郎为笔名的两部小说：一为描写乾隆时的著名贪官和珅的豪奢淫逸和官场腐败的近事小说《黄粱梦》，一为"广东近事小说"《宦海潮》。

光绪三十三年（1907）四月二十日，黄世仲与其兄又在广州创刊《广东白话报》，两人自任编辑。五月十日《粤东小说林》更名为《中外小说林》，仍续登《黄粱梦》。丁未年（1907）的第一期《中外小说林》，更标示《中外小说林》趣旨，再次强调小说具有唤醒国魂、开通民智的巨大作用：

> 处二十世纪时代，文野过渡，其足以唤醒国魂、开通民智诚莫小说若。本社同志，深知其理，爰以各展所长，分门担任，组织此《小说林》，冀得登报界之舞台，稍尽启迪国民之义务。词旨以觉迷自任，谐论讽时，务令普通社会，均能领悟欢迎，为文明之先导。此《小说林》开宗明义之趣旨也。有志之士，盍手一编。

《粤东小说林》《中外小说林》与黄世仲的小说，均风行世界各地华人社区，很受读者欢迎，有不少读者来函求购。但因资本不足等原因，《中外小说林》于此年十二月五日起改由《公益报》社经营总代理，更名为《绘图中外小说林》。

次年（1908）正月，《绘图中外小说林》改为每旬逢十出版，封面也作了革新。此前的两天（一月初八），黄世仲又大力协助黄伯耀在广州创办《岭南白话杂志》。此刊以"讲公理，正言论，改良风俗"为宗旨，又多揭露清政府官吏残暴腐败的内容，力求唤醒国民，制造反清舆论。

此时的黄世仲，以自己参与创办的《中外小说林》《香港少年报》和《广东白话报》，以及其兄独办的《岭南白话杂志》等为阵地，以小说、评论、政论等多种形式，发表自己对历史、现实的看法，充分发挥其写作才华，大力宣传自己的政治见解。

黄世仲与其兄创办的《粤东小说林》《中外小说林》和《绘图中外小说林》，除刊登各种类型的长短篇小说如近事小说、讽世小说、社会和家庭小说，以及义侠、侦探、冒险、离奇、趣致、艳情、叙事、砭俗、狡骗小说等，也刊发了不少粤语歌谣、粤讴、木鱼、南音及班本等，对广东的文学创作，起了很大的推动作用，也为海外华人（多为广东人）的民族文化，作出了重要贡献。

广东的地方民间艺术，在明末清初时已颇为发达。明末清初的著名广东诗人屈大均《粤歌》记载："粤俗好歌，凡有吉庆，必唱歌以为欢乐。以不露题中一字，语多双关，而中为挂折者为善。"清初诗坛王士禛（渔洋）于康熙二十三年（1684）奉命至粤祭告南海时，有感于广州流行木鱼、龙舟歌的盛况，作《广州竹枝词》，予以生动的描写：

潮来濠畔接江波，鱼藻门边净绮罗。
两岸画栏红照水，蜒船争唱木鱼歌。

海珠石上柳荫浓，队队龙舟出浪中。
一抹斜阳照金碧，齐将孔翠作船蓬。

木鱼、龙舟、南音和粤讴，都是广东方言的说唱曲艺。广东珠江三角洲流行的民歌，称为咸水歌或咸水叹，又名后船歌，又称为"木鱼"，外江人则统称之为"疍歌"。短篇的木鱼，称"龙舟"；长篇的木鱼，称"南音"，是用琵琶伴奏的。至清代中叶，又发展成新型的说唱文学"粤讴"。黄世仲重视民间文艺，他自 1903 年参与《中国日报》起，即与郑贯公、陈树人等在广东各报发表粤讴作品，以通俗方式向民间广作革命宣传。郑贯公曾编辑于各报发表有关政治风俗的粤讴、南音、小调、班本的《时谐新集》；郑贯公逝世后，黄世仲继于光绪三十三年（1907）也选编《时谐三集》。他本人的佳作如抨击奸商承花捐、官商勾结等腐败现象的粤讴《捐一个字》：

> 捐一个字，讲起就心慈，发到钱寒重有乜药医。就系话到体恤民生，都系假意。见你粒声唔出、一自自惨过前时。你如果系有点良心，人重有的指倚。日日话咁忧民，总有的变机。试想女子落到青楼，都系衰到极地。可惜生涯皮肉，都要捞皮宜。呢阵白水要共你平分，身价还分定两注。重怕娼寨有事，就要打到官司。官系佢是冰山，唔怪佢起市。唉，真怪事，虎头牌都挂起，君呀此后入到花丛里面，都要仔细行移。

黄世仲用说唱文学的形式反映时事，抨击时弊，揭露清廷的腐败无能。如龙舟《粤汉铁路历史》（丙午年四五月间连载于香港《少年报》）、南音《烟魔狱》都描写当时发生的大小事件；《颐和园消夏》（扬州调，自丙午年六月廿二日起在《少年报》"中国闻"专栏连载）则揭露和批判清廷割地赔款、腐败卖国的罪恶行径。

黄世仲自幼喜欢观剧，故他也善以戏剧小品的形式抨击时弊，宣传革命。如丙午年（1906）五月初三，他在香港《少年报》"新舞台"专栏发表《张妾警局夜叹》，揭露掳人勒赎的巡警员，用生动笔调刻画警长贪婪的嘴脸，揭露官场的腐败黑暗。又如批判奸商盘剥娼寨的班本《花捐局局员开厅》《花捐公司喊冤》等，讽刺奸商的丑态。他又曾撰文批判当时的粤剧："吾尝有言，广班剧本，殆每况愈下，大都从野史撷拾一二，而参以因果祸福之说，窜插而成。"不仅内容平庸落后，在艺术上也"千者雷同，如出一辙"。又指出：

故夫吾粤剧本也，维于平蛮讨外，则诚足以触发观者种族之感情，而此外有关于民智与风气者，吾未之见也。夫以剧本之感人如是，而当此斗智时代，竟无补于风气之进步，与民智之开通，则能感与不能感人等耳。然则改良剧本之说，其影响于普通社会之前途者，固亦一最当研究之问题也。

他提出改良戏曲的主张，并身体力行，创作有内容的作品，与自己时事政论"一事一议"相配合，而"一事一戏"，用戏剧小品，作宣传鼓动，"以为开通民智之助力"。除创作戏曲小品外，他甚至参与组织剧团。

1907 年夏秋之间，黄世仲亲自与香港报界记者多人到澳门组织优天影粤剧团，宣称以新闻记者粉墨登场，现身说法。消息传开，轰动一时。来澳筹组剧团之香港记者有多人，"皆属同盟会会员"。该剧团所演皆时装新剧，表面上以移风易俗、劝戒烟、戒赌、反缠足等为主题，实则暗寓革命宣传。当时澳门社会人士对该团颇欢迎，并称之为志士班。（《黄世仲大传》）

这年夏天，光复会著名女革命家秋瑾于绍兴殉难，优天影粤剧团排演《火烧大沙头》一剧，开场一幕即以秋瑾反清就义的事迹为引导。在此影响之下，旧式戏班渐有排演爱国新戏的倾向，而黄世仲的著名小说《洪秀全演义》《党人碑》《宦海潮》等，后来也被改编成戏曲上演。《申报》曾载：

辛亥年十一月十三日，中华民国成立当日，上海著名的丹桂第一台曾上演《宦海潮》新剧。

当然，黄世仲灌注心血最多的是小说创作，而小说是他最重视、最擅长也是影响最大的创作强项及参与革命的工具，他本人则由此被誉为晚清名满华南之绣像章回小说作家。

关于黄在小说创作方面的整体成就和理论主张，本书于下章再作专论。作为一位民主革命家，黄世仲的活动主要是办报、撰写政论文章，投入实际的奋斗工作。除创作广东地域粤语说唱文学、传统戏曲，诸如笑话、粤讴、南音、龙舟、木鱼、河调、二簧、班本以及白话小说等通俗文学作品外，黄世仲还创作了不少谐文。这是一种融文言文、粤语方言和白话为一体，鲜活生动的"三及第"语体文风格的新文体，因此，他被誉为"五四"白话新文学运动的开路先驱。

黄世仲的谐文多抨击贪官、官商嫖赌饮吹的社会丑恶现象，也揭露官府借"花捐"敛财的娼妓制度。如《增筑欲海堤岸记》的首段说：

> 孽海之间，洛水之畔，有欲海焉。澎湃千里，古称为无底深潭，中多凉血动物，如掘尾龙、缩头龟、失魂鱼，与死蛇焖鳝等，煽毒为害。更有斩白水者出乎其间，逐至波涛汹涌，岁溺人以万计。

黄世仲以诙谐、雅致的文笔，指出沉溺色欲的危害，同时控诉娼妓制度，具有冷嘲热讽、入木三分的效果。另如《讨妓女檄》《龟公家世考》《香江楼赋（仿阿房宫赋）》《娼界月令》《娼匪肃清保案新奏折》等作品，同样痛斥贪官污吏放纵赌商承饷、龟公（妓院老板）承花捐等事。

于丙午年（1906）十月初三刊登的《办送某大吏离任文》，更对把社会弄得乌烟瘴气、即将离任的粤督岑春煊给予了淋漓尽致的批判和讽刺。黄世仲于文前"题辞"说：唔希戏，趣趣地。作篇文，送吓你。正文开首说：惟地皮铲透之年，无眼重开之日。某大员去任，谨为文以送之曰：公以世家门第，保国党人，会督西川，调临东粤，布三年之政绩，洽万姓以恩施。加捐则怒足威民，独擅杀人之手段；靖乱则功能归己，无惭挂帅之头衔。

黄世仲历数岑春煊在三年任期内的种种劣迹，最后说：

> 今者美缺难留，枉费几番做手。灾星已退，祝你永不回头。好彩者吾粤之生灵，不幸者古滇之瘦地。但愿虎门永别，遮邀甘雨和风。倘教羊石重来，又是昏天暗地。

黄世仲运用说唱、戏曲、小说等通俗文学形式，向普罗大众宣传反清思想，也抨击时弊，讥讽唯利是图、祸国殃民的贪官奸商。其实，黄更怀有争取知识分子的意图，欲启发他们对当时黑暗的现实社会进行全面的思考。为进行潜移默化的启蒙工作，不露痕迹地传递革命思想，黄以漂亮的文言文，娴熟地运用文序、记传、辞赋、告示、奏折和檄令等体裁，融入批判现实的主题，辅以活泼、幽默和熟练的笔调，写出大量深刻、犀利的杂文，在众多读者中产生巨大影响，受到社会各阶层欢迎。

1.4 投身革命活动

1905 年秋，同盟会成立，香港兴中会改组为"同盟会香港分会"。黄世仲于 1905 年 10 月成为同盟会的第一批盟员，并被选为香港分会交际员。1906 年 10 月，"同盟会香港分会"干事部改组，黄世仲被选为庶务员，并负责联络广东会党，仍任交际工作。

在此前后，黄世仲也参与很多革命的实务工作。1907 年所发难诸役，如潮州黄冈之役、七女湖之役、防城钦州之役、镇南关之役，除防城义师是由孙中山亲自策动外，余皆由香港同盟会直接指挥。1908 年改选，黄续任庶务。钦廉河口诸役失利之革命党人，被越南政府驱逐出境，其流亡至香港诸义士均分驻中国日报社或各招待所，各该舟车旅费给养抚恤招待事宜均由黄世仲参与办理。早在 1904 年，湖南哥老会首领秦力山至港，寓中国日报社，与陈少白、郑贯公、黄世仲等谋划驻粤湘籍防军反正，秦力山此后入广东谋划起事，尝往广东三次。次年 1 月（光绪三十年甲辰十二月）事泄，粤提督李准派兵搜捕，力山逃回香港，黄世仲又函介秦去新加坡，造访反清华侨陈楚楠（秦力山到新加坡后，因病未访，改去缅甸仰光）。

所以，港人有志者，日至报社探候萍醴诸役捷音，门庭若市，黄世仲也由此积累了不少写作素材。

1907 至 1911 年，黄世仲与兄长伯耀创办和主编《广东白话报》《中外小说林》等，并参与《社会公报》和《南越报》的编辑撰稿工作，在创作大量文学作品和政论时论的同时，又经常和工、商、学诸界人士联络接近，特别是与各地堂会势力和绿林人物结纳，鼓动他们参与反清革命。正因为有此坚实的基础，所以辛亥革命成功后，他任民团总局局长，依旧负责这方面的工作。

1911 年 4 月 27 日即清宣统三年辛亥三月二十九日，孙中山领导的革命党发动"辛亥广州起义"，即"黄花岗起义"，乃第十次起义。这是同盟会建立以来最壮烈的一次，殉烈的义士有说 84 人，有说 119 位，其中有姓名可考的为林觉民、林时塽、喻培伦、方声洞、陈可钧、李雁南等 72 人，事后由党人潘达微收葬于黄花岗。据潘氏后人潘彬彬告诉黄元璋："据《易经》所载，天罡三十六，地煞七十二，取其天地之数，故定为七十二烈士之墓。以其为改变人间的'地煞'也。"

孙中山在《黄花岗烈士事略序》中追述：

是役也，碧血横飞，浩气四塞。草木为之含悲，风云因而变色，全国久蛰之人心，乃大兴奋；怨愤所积，如怒涛排壑，不可遏止。不半载，而武昌之大革命以成，则斯役之价值，真可惊天地、泣鬼神，与武昌革命并寿。

这次革命壮举虽然失败，但影响巨大深远。仅一个多月之后，黄世仲于 5 月 18 日起，发表《五日风声》，全篇三万二千余言，在广州《南越报》连载 57 天，真实生动、详实全面地叙述了起义的全部过程。

由于《五日风声》发表在清朝统治之下的广州，黄世仲仍以世次郎的笔名，标为"近事小说"刊出，其内容全是真人真事，所以被誉为"中国最早的报告文学"。黄世仲是这次起义的直接策划人和参与者之一，起义失败后又冒险留在广州观察事态的发展，他作为身历其境的参与者，配上那支生花妙笔，所以能生动地重现革命的史实，确实弥足珍贵。研究者认为，《五日风声》"萌发于中国近代文坛上，它为五四运动以来，我国革命的报告文学奠定了基础；毋须置疑，它在中国和世界文坛的影响是不容低估的"。

1911 年武昌起义前夕，黄世仲以同盟会南方支部联络员的身份，在广州秘密设立指挥中心，联络各路民军准备起义。他下令由谭瀛率领的瀛字敢死队和胡汉贤率领的昭字营革命军合并，担任攻城敢死队先锋，由自己直接指挥。

1911 年 11 月 6 日，他在《世界公益报》上，以头条报道"指看京陷帝崩，武昌起义成功"，不少报纸转载。广东清使见报后咸以为北京失守，宣统驾崩，粤督张鸣岐挂印逃往香港，水师提督李准被迫宣布独立。各县次第响应，广东全省宣告光复。同一个李准，在 8 个月前曾率部血腥镇压黄花岗起义，还亲自审讯林觉民等烈士；忽而放下屠刀立地成佛，这不能不归功于黄世仲的心理战、宣传战攻势奏效。广州兵不血刃反正，大大减少了军民同胞的伤亡以及财物损失。

辛亥武昌起义胜利后，广东省于 11 月 9 日宣布独立，接着成立广东军政府。黄世仲此时担任香港《新汉日报》（1911 年 11 月 9 日创刊）的总司理兼撰述员，在军政府则担任民团总局局长，兼广东军政府枢密处参议。不久，在民团总局成立后，陈炯明又以加强民军间之联络协商为题，发起组织"军团协会"（在民团总局内办公）自任会长，有借该会以控制民团总局之意。黄世仲则任"军团协会"副会长。

1.5　惨遭冤杀

魑魅横行日，山河醉梦中。壮哉黄小配，掷笔起悲风。

慷慨洪王传，升沉宦海潮；煌煌中国报，长夜育心苗。

黄花存浩气，碧血凛千秋。但得生民乐，吾何吝此头！

（周锡诗，曾载于《香港笔荟》及广州《羊城晚报》）

辛亥年十一月十三日，即 1912 年元旦，民国成立，孙中山就任中华民国临时大总统，颁褒许状给同盟会秘密机关《南越报》，而《南越报》的大量政论、小说都出自黄世仲之手，故孙中山表彰《南越报》，实际上是肯定了黄世仲的功绩。

此时广东军政府正副都督为胡汉民、陈炯明。胡汉民因赴南京另任要职，改由陈炯明任代理总督。此时各路起义的民军，汇聚在广州城内，共有队伍 51 支，人数多达 14 万。其中最著名的，有王和顺率领的惠军，共约一万人，力量最强大。其次是陈炯明的循军，有六七千人。

民军成分十分复杂，有些部队的军纪也不如人意，胡汉民、陈炯明感到难以管理和控制，于是在辛亥年九月，即 1911 年 11 月中下旬成立"民团督办处"，任命抗法名将刘永福为民团总长。刘永福在《通告军民文》中称："民军云集省会，而外属土匪，动假民军名目，四处劫掠，其稍循秩序者，亦勒交械勒捐款，怨咨载道，大局岌岌。"他自感年老（当时已 75 岁），缺乏精力管理和督抚这些军队，一个月之后辞职。

辛亥年十月二十四日（1911 年 12 月 14 日），黄世仲"以活动力极强，其所办报馆在穗、港两地绅、商中取得不少经济支持，而且与各地堂会势力和绿林人物有结纳，群众基础好"，更且"彼能操纵关仁甫、王和顺之属"，所以接替刘永福，被任命为民团总长。

陈炯明任代理总督、执掌广东权柄后，担心民军兵多势壮，于己不利。他声言民军多是绿林出身，缺乏纪律和军事训练，属乌合之众，处心积虑要散汰民军，发展自己的个人势力。黄世仲昔日代表同盟会，专做会党、民军的联络和发动工作，现又任民团总长，与民军将领关系熟稔，又了解情况，自然同情广大民军。后来陈炯明拉拢黄世仲参与私党不成，两人终于反目。

陈炯明为了消灭民军，借购买20万元军火之事挑起事端，反诬王和顺率军发动内讧。当时在广州的民军，以王和顺部兵力最雄厚，纪律也最好，为时人所称。他起先在惠州举义，故称惠军。惠军与诸路民军会师广州，使广州兵不血刃即独立、光复，功劳很大。

陈炯明阴谋挑起内讧，惠军战事不利，他又制造谣言，硬诬王和顺煽动肇乱，企图推翻政府，向孙中山谎报军情，企图翦灭民军。军政府内部、社会舆论多反对陈的阴谋，黄世仲与十余政府官员相率辞职，不愿"奴隶于炯明"，受其"动加呵斥"。

此后陈炯明加紧攻击惠军，悬赏捉拿王和顺，同时不断向孙中山诬告王和顺。但是非自有公论，广州多家报刊抨击陈炯明的倒行逆施，陈炯明命广东警察厅查封仗义执言的《公言报》《总商会报》和《佗城独立报》，逮捕《总商会报》司理人甘德馨。但上海《神州日报》等依旧认为王和顺的辩解和对陈炯明的指责是有理的。

冯秋雪在《辛亥前后同盟会在港穗新闻界之活动》一文中提及，"民国元年三月间，有人向陈炯明告密，谓黄世仲已向香港某日本洋行，以低价购得'村田式'步枪约万支，已秘密起运来穗，将用以装备王和顺、杨万夫、石锦泉等部民军云云。陈炯明已决心先发制人：一面以图谋不轨罪名扣留黄世仲，不经审讯，先得枪决，后发布告。一面复派军分别包围驻市内和近郊之王和顺'惠军'，经激烈战斗后加以解决"。

广州《公言报》《佗城日日新闻》两报主持人陈听香（时兼"惠军"参谋）在报上为黄世仲、王和顺二人抱不平，因此，陈听香一度走港暂避，未几又潜返省城。

1912年4月15日，陈炯明以"造谣惑众，扰乱治安"罪名，下令将陈听香押赴东川马路上枪毙。25日上午，前临时大总统孙中山于卸职后偕胡汉民等乘"宝璧舰"抵达广州。下午，陈炯明在都督府内宴请孙中山等人，众人谈叙甚欢，宴后还登楼畅谈两小时，到晚上才离去。深夜，陈炯明托词"代理期过"，离职赴港。26日，孙先生在广州军界欢迎会上知道这事，说："昨尚与陈都督谈论要政两小时许，并未提及离粤，今忽有此举动，真是可骇！余现已退为国民一分子，以个人意见，宜仍请陈都督回任！"孙先生出席广东省议会欢迎茶会，致辞时也提到："兄弟到香港时，即闻有人欲行第二次革命，以图推翻广东政府，其印信及旗帜等物等已齐备，兄弟曾亲见之，但未知会加有所闻否？"

有说，"翌晨，陈炯明留下都督印，走避香港"不确。王耿雄在《孙中山史事详录1911-1913年》一书中于元年4月25日"陈炯明忽于夜间辞都督职赴香港"条下，加按语云：

> 陈炯明因枪杀报人陈听香，受省议会弹劾，引起粤省政潮，复因都督府裁冗减薪案未先提会议商讨，径自决定，而引起粤省政局不稳。因是二十四日孙中山经香港时未登陆，即偕胡汉民等乘广东来迎之宝璧军舰前来广州，而派代表廖仲恺出席香港各界欢迎会，廖于欢迎会中言："孙先生接粤督电，关系粤省危急事，即须解决，故已直至省城。"

1912年4月1日，孙中山辞去临时大总统职务，将革命的胜利果实奉送给袁世凯。当天，广东临时省议会电催汪精卫速来广东担任粤督。4月9日，陈炯明以"贪污军饷"的罪名扣留黄世仲。4月25日，孙中山南下经香港到达广州，陈炯明不辞而别，连夜出走前往香港。同月27日，省议会表决，请胡汉民出任都督。

陈炯明出走前，欲杀害黄世仲，特地留下一纸军令，明令："黄世仲侵吞军饷，应即枪决，以肃军纪"，签后置公案上，留交新任执行。胡汉民不顾众多人士为黄世仲辩护，竟按陈炯明的安排，冤杀了黄世仲。

黄世仲在狱中，自知难逃死劫，写下遗书自诉清白。香港《华字日报》于1912年5月3日刊出其遗书之一段，弥足珍贵：

呜呼我黄世仲今日真不幸矣。自四月九号被留，初闻谓仆亏空饷项耳。仆自接任民团局事，查各民军饷项，均据咨议局。时各统领所报军数及都督暨前任刘永福所承发出之饷，系由经理部签字后，往支应处支发，由三联根存底。实不经仆手。且有全盘数目可核，何从亏空？更何从骗领？更串通何人？乃今而始知宣布罪状，又生枝节，刻有枪毙之恶耗，果如是，仆不死于陈督押留之时，而死于陈督离任去粤之后。此尤仆之不瞑目者也。今特将其事为同胞言之。生死不足论，是非不可不明也。据所布罪状，一谓仆私买枪支与石锦泉、王和顺等，可谓冤极矣。溯买枪之议，初时，因各民军北伐无枪，由各统领公议，每月每兵扣二元为买枪之费。禀由胡前督给护照，命李氏赴洋购买，约共三万支，民团局各统领及乡团占一万二千支，海军各方面占一万八千支。实非仆之私买，亦非为一二人买也。

且民团局将买枪银缴交军政府，尚未发给枪支。先时，陈督亦尝条饬民团局，发给银四千元与兰子营为买枪费，则买枪非一人之私见可知矣。何得硬以为石锦泉、王和顺买枪引为仆罪乎。二则虽谓仆擅发仁军饷项，不知关仁甫自云南回粤，陈督已对仆迭次商量安置之处，故仁军襟章亦先由陈督发给民团局。以陈督既承认仁军，然后发饷也。即遣散仁军时，陈督亦有发给恩饷。岂得至于今日，乃谓仁军不应发给耶。如此以仆为擅发军饷，因以为罪，惨矣！

今赖此报发表的一段遗言，让我们了解一些黄世仲曾做过的自辩。遗言之全文尚未发现，但仅据这一段遗言，黄世仲自诉冤屈已很具说服力，因当时诸人俱在，尽可调查。后人从这段言之凿凿的遗文，也可看出陈炯明当年罗织罪名陷害黄世仲是多么荒唐无稽。惜全文只登了一天就被胡汉民的军政府斩断了送稿渠道。

1912 年 5 月 3 日，黄世仲在未经法院依律审讯的情况下，被胡汉民下令枪毙了。黄世仲知将被行刑，便使人买白兰地酒一樽，与香、王（香益远、王泽民）二人饮至酩酊，始被人用藤轿抬往观音山脚枪毙。路上，黄世仲一直大叫"黑狗得食，白狗当灾"。

据黄耀恭事后回忆说："在逮捕黄的前一个晚上，陈炯明还到黄家饮茶谈心，其实是窥测黄是否得到消息。"

黄被扣押后，陈少白、汪精卫、黄兴等纷纷营救，汪、黄二人用电报向广州陈炯明询问黄世仲所犯何罪。陈炯明回说无什么事，计数而耳。黄被害后，挚友陈邹卿去都督府找陈炯明问死因，破口大骂，胡汉民说人已死了，过后追封回就了啰！所以陈少白说："世仲宣劳革命有年，功大罪小，陈炯明入党日浅（引案：陈于宣统元年冬秘密加入同盟会），或不知其过去历史；胡汉民宜无不知，就职时应即移交法院依律审讯以昭公允。倘情罪确实，亦当计功减罪，未可置诸典，胡汉民竟甘认陈炯民之刽子手而不辞，殊不可解！"上海辞书出版社出版《中国近代史辞典》据之，作："1912 年被陈炯明诬构侵吞军饷罪，逮狱论死。旋陈离职，胡汉民继任都督，依议执行，遂被冤杀。"

黄世仲终年仅 41 岁。他死后，"身后绝非富有"，事实证明他的冤屈和清白。6 月，归葬故乡大桥乡，身后不名一文，棺木由冲口村彭景山所送。黄世仲被杀后，当时即"闻者多为呼冤不置"。如今 109 年（1912-2021）过去了，黄世仲一生致力于革命的功勋和人格的清白高尚，也已得到历史的公正评价。陈炯明于黄世仲去世 10 年之后，于 1922 年炮击孙中山总统府，发动军事叛乱，暴露其丑恶本质之后，终于身败名裂。

陈炯明败退后，高剑父、谢伯等曾有意请当局为黄世仲昭雪，并立碑纪念，后以政局多变，不果。而在学术界，直至陈炯明身败名裂及胡汉民被幽禁汤山（1931 年 2 月）乃至出亡香港（同年 11 月）后，才有人涉足研究黄世仲这一禁区。1934 年谭正璧编《中国文学家大辞典》收入了黄世仲条目，1943 年冯自由在《革命逸史》第二集中为黄世仲说了几句公道话。不过，1949 年前公开发表的研究黄世仲的文章，总共才 7 篇。

在黄世仲旅居过八年的香港，官方的艺术发展局文学委员会也于 1998、1999 两年连续拨款近四十万港币，编纂了 60 万字的《黄世仲大传》，重印了 80 万字的黄氏昆仲编著《中外小说林》旬刊。

1999 年 8 月，在香港官方拨款举办的香港传记文学学术研讨会上，与会学者一致确认黄世仲是近百年来香港作家在中国文学史上最具影响力者。2000 年 11 月，香港网上的文学刊物"香港笔荟"聘请海内外 38 位文史教授为 20 世纪香港小说排名次，黄世仲的《洪秀全演义》在经典名著百强中夺魁。胡志伟认为，黄世仲小说不仅在思想内容方面远远超越李伯元、吴趼人、刘鹗、曾朴等清末谴责小说四大家，而且在艺术成就方面也毫不逊色。这一切都表明，历史老人是公正的，纵然历史有太多的闷葫芦、太多的扑朔迷离疑案，但是随着时光的推移，阳光一定会照耀到那些阴暗的死角，此所谓"当代修志，隔代修史"也！

黄世仲有子女各一。子福荫，在"香港粤华大客栈"以译电报为生，后病故，有二子二女。女儿福莲，嫁番禺陈氏，生有二子一女。长子陈基（1922 年生），任"湛江市总商会"副会长，退休后被聘为名誉会长。次子陈坚（1924

年生），现任"香港同丰集团有限公司"主席，"港九塑料制造商联合会"会长。

综观黄世仲短暂的一生，黄世仲是有功于辛亥革命的革命者，对广东的光复，起了推波助澜的作用。他又是一位革命宣传家，在清末为鼓吹革命，撰写了大量极有影响力的文章。他也是一位出色的文人，大量政论文章深具远见卓识，论辩滔滔。

作为一位杰出的革命文学家，黄世仲的文学创作成就，在近二十年来，得到出版界和学术界的肯定。他的小说作品由中国内地多家出版社不断出版，海内外还出版了数种研究专著。另重印其小说名著五种及诗词歌赋、政论散文集等等。黄世仲研究方兴未艾。

第二章 黄世仲的革命小说

2.1　概述

　　黄世仲是中国传统的书生，怀抱文人气节和时代使命感，他不仅是诗人、报人、时事评论家，也是一位忧国忧民的革命家。他的创作能量非常惊人，自1905 年起到 1912 年逝世前的短短七八年中，写过近二十部小说。由于 20 世纪中国战乱频仍，文化数据佚失严重，黄世仲的小说，有些仅知其名，不见其书，例如《岑春煊》。另如他的《广东世家传》，虽登过广告，但作品是否完成，也无人知晓。而有些作品，如《朝鲜血》和《党人碑》，近年才被发现。相信随着研究的深入和文献的发掘，黄世仲的其他作品，将陆续被发现。

　　2001 年在香港举行的《辛亥革命九十周年纪念暨黄世仲投身革命百周年国际学术研讨会》上，叶秀常博士和马楚坚博士的论文，披露了黄世仲还有两部长篇历史小说：《南汉演义》和《吴三桂演义》。

　　黄世仲小说在发表时，常以其字"黄小配"署名，所以有些读者只知小说家黄小配，而不知黄世仲。

　　根据现存的资料，从 1905 年到 1911 年共六七年间，黄世仲曾在报章上以各个笔名发表的小说共 20 种，其中保存下来的有 14 种，散佚的有 6 种，单册出版的有 7 种。

表 2.1　黄世仲现存小说（部分不全）一览

书名	署名	发表时间（年）	发表地点、刊物
《洪秀全演义》	黄小配	1905	香港：《有所谓报》《少年报》
《廿载繁华梦》	黄小配	1905	广州：《时事画报》
《宦海冤魂》	黄小配	1906	香港：《少年报》
《党人碑》	世次郎	1907	广州：《时事画报》

续表

书名	署名	发表时间（年）	发表地点、刊物
《镜中影》	禺山世次郎	1907	香港：《循环日报》
《黄粱梦》	世次郎	1907	广州:《粤东小说林》、《中外小说林》
《宦海潮》	世次郎	1907	广州：《中外小说林》
《南汉演义》	世次郎	1908	香港：《公益报》
《大马扁》	黄小配	1908	日本东京：三光堂出单行本
《宦海升沉录》（一名《袁世凯》）	黄小配	1909	香港：《实报》馆出单行本
《朝鲜血》（一名《伊藤传》）	世次郎	1909	广州：《南越报》
《十日建国志》	世次郎小配	1910	同上
《五日风声》	世次郎	1911	同上
《吴三桂演义》	小配	1911	香港：《循环日报》排印本

廖书兰制图表

表2.2　黄世仲散佚小说一览

书名	署名	数据源
《陈开演义》	不详	
《岑春煊》	不详	
《姜薄命》	不详	为颜廷亮所发现
《孽债》	不详	刊载于《南越报》辛亥八月至九月
《广东世家传》	黄小配、世次郎	出书广告刊于《中国日报》丁未年（1907）十一月初一日
《新汉建国志》	黄小配	出书广告刊于《新汉日报》辛亥年（1911）九月十九日

廖书兰制图表

表 2.3　黄世仲已出版小说一览

书名	出版时间（年）	出版地点	出版机构
《洪秀全演义》	1906	香港	《中国日报》（后又有多种版本）
《镜中影》	1907	香港	《循环日报》
《廿载浮华梦》	1907	汉口	东亚印刷局（后又有数种版本）
《宦海潮》	1908	香港	《世界公益报》
《大马扁》	明治四十二年（1908）	日本东京	《三光堂》
《宦海升沉录》	1909	香港	《实报馆》
《吴三桂演义》	1911	香港	《循环日报》

廖书兰制图表

以上 20 种小说，其中《宦海潮》是在《宦海冤魂》的基础上撰写而成的。颜廷亮《关于拟即重印的黄世仲小说五种》指出："今年（按指 2000 年）春天，笔者又意外地发现黄世仲还写有一种小说《妾薄命》。"又说："《陈开演义》《岑春煊》《广东世家传》和《新汉建国志》等四种迄今还未能找到"；"《孽债》之今见文字过少，从中看不出作者为甚么写和究竟要写些甚么"；"《妾薄命》之今见文字也不很多，从中同样看不出作者的创作意图和小说的基本情节线索"。

2002 年 5 月，香港纪念黄世仲基金会出版《党人碑》《妾薄命》《宦海冤魂》《朝鲜血》《十日建国志》合订本。

在黄世仲现存的 14 种小说中，以革命为题材的小说最为重要，有《洪秀全演义》《党人碑》《朝鲜血》《十日建国志》和《五日风声》，共 5 种。

2.2　各本小说简介

《党人碑》是本书着重论述的作品，于下节另作专叙。此节就黄世仲其余

19 种小说的内容作一简介。

《洪秀全演义》

《洪秀全演义》是黄世仲重要的小说之一，最初连载于乙巳年（1905）五月初五出版的《有所谓报》。丙午年（1906）四月十三日总编辑郑贯公逝世后，该报由同人续办，黄世仲则另行创办《少年报》。于是，由六月初六起在《少年报》继续连载《洪秀全演义》第三十回以后的内容。

丙午年（1906）九月，在日本避难的革命家兼著名文人章太炎为《洪秀全演义》作序。同年，香港《中国日报》首次发行完整的六十四回单行本，卷首有章太炎序和作者自序。冯自由说：

> 是书系摭拾太平天国遗事佚闻及古老传说，效《三国演义》体编演而成。洋洋三十万言，章太炎为之序。出版后风行海内外，南洋、美洲各地华侨几于家喻户晓，且有编作戏剧者，其发挥种族观念之影响，可谓至深且巨。

现在能见到的《洪秀全演义》都是五十四回本，并非全书。《中国日报》的初印本和最早连载的原报，惜今皆已失佚，尚可见的重要版本有：

1. 出版者不详，约刊行于 1909 年的石印小字本《绘图洪秀全演义》，八册，一函，四集；

2. 上海锦章图书局，民国三年（1914）《绣像洪秀全演义》，八册，一函，四集；

3. 上海大成书局，民国十二年（1923）《绘图洪秀全演义》，三十八册，一函，十集；

4. 上海大达图书供应社，民国二十三年（1934）《洪秀全》，二册；

5. 上海启智书局，1936 年 "革命历史小说"《洪秀全演义》，二册；

6. 上海广益书局，1949 年新三版 "绣像仿宋完整本"《洪秀全演义》，二册。

50 年代后，香港广益书局于 1952 年出版 "绣像仿宋完整本"《洪秀全演义》二册。

80 年代后，中国大陆和台湾有多家出版社出版此书，最重要的版本是人民文学出版社 "中国小说史料丛书" 的《洪秀全演义》（1984 年）。

处于清政府统治的时代，洪秀全领导的太平天国运动，理所当然地遭到全盘否定。直到清末，由孙中山作序、宫崎滔天题词的刘成禺《太平天国战史》于 1904 年在日本东京出版，首次给予太平天国及其领袖洪秀全以正面的评价。黄世仲于次年即开始发表《洪秀全演义》。1906 年黄世仲在香港《少年报》续刊此书的后半部时，在《本社要告》中刊出：

> 《洪秀全演义》一书，为本报社员所撰。前应《有所谓报》之请，排刊问世，久为社会欢迎。全书约六十回，乃仅刊至半渡，而《有所谓（报）》竟以无望歇业。此书为近代民族上最有关系之纪念，且为太平天国一朝之历史，故不得不自行续刊，以竟全书。爰自六月初八日由三十回起，逐日随登于《附张学界现形记》之部位。……前经得阅《洪秀全演义》，以欲窥全豹者，想争先为快观者也。

黄世仲在广告上，自称 "全书约六十回"，后来大约仅刊出五十四回，所以各种单行本，包括黄世仲在世时 1909 年刊行本也只有五十四回。至于他为何未完成全书，原因不明。

学者方志强说：

> 丙午年（1906）九月，一代文豪章太炎在日本避难，欣然为《洪秀全演

义》作序。是年，香港《中国日报》始发行完整的六十四回本，卷首有章太炎先生光绪三十二年的序及自序，题"黄帝纪元四千六百零六年"，又有例言二十二条。

因《中国日报》的《洪秀全演义》今已失传，无人得见，所以方志强在《黄世仲大传》中又说：

> 《洪秀全演义》一书只写至五十四回（现仅见五十四回刊本）便结束了。该回写李照寿叛变之后，接着便要进入太平天国败亡的悲惨结局，而 1860 年以后的历史事实，书中基本上没有涉及。天京陷落，太平天国革命被中外反动派绞杀的悲剧没有再演述。但作品写出了太平天国走向失败的趋势，塑造的主要人物性格已臻形成。且如实地写出了太平天国领导集团的内讧，以及军事保守主义造成失败的重要因素和留下了深刻的历史教训。他鼓吹和激励人们反清的民族革命目的已达到，觉得若继续写下去，有悖于原来的创作意图，便因此而辍笔。

他认为此书确仅写至五十四回便辍笔，还分析了未完成的原因。王俊义先生则引 1945 年上海中华书局出版的杨世骥《文苑谈往》中《黄世仲》记载《洪秀全演义》在报上连载时"凡五十四回止，越年，香港中国日报社始发行完整的六十四回本"。并认为五十四回本"以后尚有许多大事，非六回书所能收束，六十四回之说应是可信的"。

研究者几乎一致认为《洪秀全演义》是黄世仲小说中成就最高也最重要的巨著之一，并已有多种专著和论文分析评论此书的思想深度和写作技巧。纵观 20 世纪中国多部描写太平天国革命和洪秀全的小说和戏剧等作品，黄世仲的《洪秀全演义》无疑是其中最早且最具成就和影响的一部。

《朝鲜血》

又名《伊藤传》，署名世次郎，自己酉年（1909）十一月初始发表于《南越报》，分为九十九节，至次年（1910）三月二十八日连载完毕。小说共分十六章，约六万字，惜今仅存第十一至第十六章。而第十一章仅存六十二和六十三节，且是末尾两节，所以此章回的标题也已不可考。现存各章的标题为：

第十一章　　（仅存六十二、六十三节）

第十二章　　伊藤之和俄

第十三章　　驻韩统监时代之伊藤

第十四章　　伊藤之艳福

第十五章　　暗杀之组织

第十六章　　（未结局篇）

发表这部小说的《南越报》，于宣统元年己酉五月初五端阳节（1909 年 6 月 22 日）在广州创刊，编撰人有：苏棱讯、卢博郎、李孟哲、杨计白、黄世仲、欧博明、何剑士等，大多为同盟会员。这是一份革命派的报纸，所以黄世仲在庚戌年（1910）五月初七，仍以世次郎的笔名，在该报刊出的《本报创刊一周年纪念文》中，公然宣布："唯本报虽名夫南越，而志实在夫中原。"

小说《朝鲜血》，描写的是当时的一则重大新闻：1909 年 10 月 26 日（阴历九月十三日），日本首相兼任朝鲜统监的伊藤博文赴中国东北与俄国代表商谈并吞朝鲜的具体事宜，到达哈尔滨车站时被朝鲜的爱国志士安重根暗杀。黄世仲据此新闻创作小说，并称之为"近事小说"。

伊藤博文，原名俊辅，日本长州人。德川幕府时期为长州藩士，1863 年赴英国学习海军。回国后参加倒幕府和明治维新运动。伊藤博文于明治初年，任外国事务局判事、兵库县知事，后逐步升迁，1885 年起连续四次担任首相，1888 年起三任枢密院院长及首任朝鲜统监等职。伊藤于 1885 年与中国代表李鸿章谈判朝鲜问题，双方订立《天津条约》。

伊藤作为甲午战争的策划者，担任日方和谈的全权代表，迫使清政府签订《马关条约》，此后他又任"台湾事务总裁"。1898 年 9 月伊藤来华，暗中赞助康有为等维新派，企图借此掌控中国政治。戊戌政变后，伊藤回国。1906 年他以特派大使的身份，与朝鲜订立《日朝协议》（又称"保护条约"），首任朝鲜统监，并受封爵。

《朝鲜血》以伊藤为主人公，故又名《伊藤传》；该书描写伊藤"和各国、覆幕府、废诸藩、定宪法、县流球、取台湾、破俄国"一系列活动，叙述他如何引发甲午战争和日俄战争，签订《马关条约》和迫使朝鲜国王沦为日本陪臣的过程。书中还揭露伊藤的奢侈生活，也突显了朝鲜义军的抗日活动和爱国志士安重根刺杀伊藤的义举。《朝鲜血》以浅白的文言文写成，文笔流畅，爱恨鲜明。譬如，叙述安重根在"1910 年 2 月 7 日，9 点 20 分钟，受讯于旅顺的日本法庭"，作者写道：

> 法庭既开，问官高坐，衔役鹤立，陪审员坐于东偏。既提起安重根、禹连俊、曹道光、柳东夏四人，鱼贯而出。其中唯柳东夏一人，以去岁被拘，囚禁数月，形容憔悴踽踽，如辕下驹，有悲愁之态。安重根见而斥之曰："丈夫为国而死，死有余荣。人生朝露耳，天下无不在之人，即吾人无不死之日，死则死矣，何悲为。"闻者皆为感动，曰："安重根诚男儿哉。"

短短的一段描写，以柳东夏为反衬，表现安重根大义凛然、视死如归的气概，极为动人。推论"今后乃知二十世纪之民气，虽亡国遗裔，而终不可轻视也"，对革命党人一年后发动的黄花岗起义，产生了相当大的思想影响。

《十日建国志》

《十日建国志》也刊载于《南越报》。署名世次郎小配，1910年11月起连载，即从庚戌年九月三十日（1910年11月1日）至庚戌年十二月十六日（1911年1月16日），共刊出五十九次（原标"五十八次"，误）。全书共分十一章，各章标题为：

第一章　　民气发达之原因

第二章　　前王文鸟路之无道

第三章　　专制政体之变相

第四章　　共和党派之运动

第五章　　葡国革命之内势

第六章　　专制君主之下场

第七章　　葡王殁后之戒严

第八章　　共和党人之革命运动

第九章　　革命军人之发难

第十章　　党军战时之情况

第十一章　共和政府之成立

《十日建国志》在连载时，均在作品题目的上方标明"最新历史小说"，作品描写的是同年葡萄牙资产阶级的共和革命。小说从1910年10月4日革命成功之夜，首都里斯本（小说中译为李士滨）街道上，革命者的枪炮声和欢呼声写起，然后写到这次革命的历史远因和现实主因，再倒叙这次革命的历程，接着写共和政府成立的经过和如何保卫革命成果的种种举措。小说的主人公是共和主义革命家 Teófilo Braga 布拉加（小说译为特奥斐洛·布勒格），情节的主线，便是这位主人公的成长过程，和葡萄牙共和党人如何宣传、发动革命，并取得最后成功的历程。

该小说开始连载时，距离发生葡萄牙革命，仅仅不到一个月的时间，可见作者黄世仲眼光敏锐、思路敏捷和对国内外的形势，甚至西方的历史也十分熟悉。小说为葡萄牙共和革命而欢呼：

> 嘻嘻，蒲纳甘查（今译为布拉甘沙）千年王统一朝坠地，谁谓非专制之刻酷使然？于革命事业，不三日而成功，不十日而定国，其平日组织及其运动之精神，可以想见矣！他日铜像千秋，高立云表，后人犹将得指而数之曰："此一千九百零十年葡国共和革命之伟人也！"

黄世仲对于立为铜像的共和党革命家布拉加（布勒格）抒发了敬仰之情，也暗寓对中国推翻清朝专制的统治，有着无限的向往和期待。

该书描述布拉加"以草泽英雄愤然肩国家之重任"，举义兵攻占王宫推翻专制王朝，建立共和政府，歌颂了"为自由而死，为国民而死"的革命英雄，鼓励人们效法葡国共和党人，起来推翻清朝专制统治。

《五日风声》

黄世仲描写孙中山和辛亥革命的小说，共有三部：《党人碑》《五日风声》和《新汉建国志》。

《五日风声》也连载于《南越报》，自辛亥五月十八日（1911 年 6 月 14 日）起，总共连载五十七天，原标为"近事小说"，署"世次郎著"。全文共有三万二千多字，共分为十一章，它们的标题是：

第一章　　　革命党发难

《五日风声》描写的是反清革命英雄黄兴所领导的"黄花岗起义"，写出事件的全部过程，赞颂参加此次起义烈士的英勇气魄和大无畏精神，感人至深。全书可谓激情喷薄，气壮山河，史文兼备，掷地有声。周锡𫘤在《黄世仲和他的小说理论》中说：

在清廷正以斩头、挖心的酷刑严惩爱国者，企图扑灭革命火种于初燃的非常时期，能写出这样澄明、爽辣、振聋发聩的文章并公诸于世，则其人具有何种凛然正气、义气、才气、豪气，可以思过半矣！

《五日风声》发表时，距离当年三月二十九日（4月27日）的"广州黄花岗之役"，仅一个半月而已。

《五日风声》是中国近代的第一部报告文学，因为书中的内容写的全是真人真事。尽管作者本人在发表时，表明此作是"近事小说"，为了尊重作者的观点，我认为此作仍可看作是纪实小说。胡志伟在《传记文学》第七十九卷第四期《为党而官公对也，为官不党笑公愚》文中说：

> 以亲身经历记述惊天地、泣鬼神的广州黄花岗七十二烈士之役，包括筹备、发难、战斗、失败、被捕、逃亡、逼供，种种细节如对白、服饰、时间、金钱等数字均在。这篇反清思想非常鲜明的作品，要在满清统治下的广州发表，且连载五十七日，故以一种貌似客观的新闻纪事形式作伪装，语言简朴，文风激昂，是为中国最早的报告文学作品。

《新汉建国志》

《新汉建国志》连载于《新汉日报》。《新汉日报》是黄世仲于黄帝建元四千六百零九年，辛亥九月十九日（1911 年 11 月 9 日）即广东反正前三日，在香港创立的革命报刊，也是黄世仲献给光复、独立的广东的一份厚礼，黄世仲自任总司理并兼撰述员。该报的创刊号于头版头条刊出"本报唯一小说出世预告《新汉建国志》"这一带有广告味道的宣传报道：

> 是书为本报总司理兼撰述员黄君世仲所著，将二十年来中国革命之运动及其一切历史，源源本本，据实详叙，俾成信史。著者阅此数十年，所见所闻，故多且确。凡我同胞，留心国事者，皆当各手一篇，则于新汉建国源流，自不至数典忘祖，同胞幸无忽之也。准于二十二日即礼拜一出版，逐日排刊报端，以供众览。至于著者说部之价值，阅者久已知之，无庸赘述矣。

可见《新汉建国志》自 1911 年 11 月 12 日起刊出，内容应是孙中山所领导的反清革命的全部过程。

《陈开演义》

黄世仲约写于1905、1906年之间。小说描写咸丰年间，广东天地会首领陈开回应太平天国革命而起义的故事。陈开（1822－1861）于咸丰四年（1854）六月率领"红巾军"在广东佛山起义，攻克浔州（桂平）后，建立大成国，建号大宁，自称平浔王。后战败被俘而牺牲。此小说曾有单行本，惜今已不见，也不知是否曾在报上连载过，失传委实可惜。在《洪秀全演义》中的第十回和第十一回，也曾叙述陈开之事。

《廿载繁华梦》

四十回，十五万言，开始连载于乙巳年（1905）九月的广州《时事画报》创刊号，后有光绪三十三年（1907）汉口东亚印刷局所刊线装巾箱本四册，光绪三十四年（1908）上海书局石印线装本三册。卷前有华亭过客学吕和曼殊庵主人（康有为的女婿麦仲华）的序文。由岭南派著名画家高剑父、潘达微等绘配插图。此书故事发生在同光年间，确有其人其事，主角广东南海人周庸佑影射广东大买办周东生。作者以周氏的暴发至败落为主干线索，以甲午、戊戌、庚子等重大事件为背景，集中描述帝国主义的侵略和晚清政治的黑暗腐朽，揭露官商勾结穷奢极欲，旨在宣传反清革命。

冯自由称颂此书"绘声绘影，极尽能事，大受社会欣赏。在清季出版之社会小说名著中，此书实为巨擘"。

黄世仲描写周庸佑如何腰缠万贯、纵情声色、广置姬妾，更利用财力，由京堂直做到出使钦差大臣。但却为人劾参，弄得妻离子散，独自逃亡星洲去了。"别梦三千里，繁荣二十年"，作者以周氏最后惨被抄家，结果不知所终为结局。该书主要是抨击晚清的官场、商场、洋场及社会风气的腐败现象。

《宦海冤魂》

共约四千五百字，连载于香港《少年报》丙午年（1906）八月初五至十八日。小说主人公实为张荫桓（1837–1900），广东南海佛山镇人。小说避开其真实姓名，而称"乡先达某公"，同样也是揭露晚清官场的黑暗和腐败。

《宦海潮》

翌年六月以《宦海冤魂》为故事基础，扩充为三十二回长篇小说，约十三万字。发表于香港《中外小说林》旬刊。小说前半部写张任盘（影射张荫桓）由市井无赖爬上出使三国大臣的发迹经过，表现清政府各级官员的无知昏聩；后半部写张氏出使美国的经历，用西方物质文明、开明政体对比中国贫穷落后、封建专制，意在宣传反清革命。

主人公张荫桓在书中讳作张任盘，李鸿章讳作李龙翔。于 1908 年由香港

革命小说《宦海潮》封面

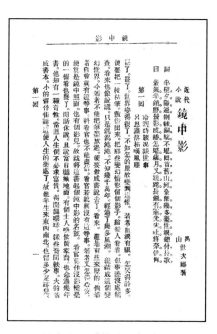

革命小说《镜中影》内页

《世界公益报》出版单行本。黄世仲自述：

> 惟是书则无一事无来历，或得耳闻，或本目睹，或向者发现于新闻社会
> 者。其余点染，出使外洋事绩，则取材于张氏原著日记、书本为多。

《镜中影》

《镜中影》为近事小说，共四十回，今有大英博物馆 1907 年 7 月 6 日收藏之香港《循环日报》出版的排印本。此书主题谈时事，描写热河西狩到庚子拳变、议和的一段时事和史实，基本线索是写吕思瀛（影射李莲英）、何珠儿（影射慈禧太后）如何平地青云地由普通人夤缘至政治舞台顶端，后又如何身居要位而祸国殃民。全书批评清朝当局丧权辱国的罪行，"把变幻情形留个影子，给后人看看"，最后以"吕思瀛梦见城里旌旗纷起，一阵大风把宫殿摧毁"预兆革命风暴的到来。

《黄粱梦》

《黄粱梦》亦为近事小说，总共三十一回。今仅见于《粤东小说林》（年代已不详）所载楔子的一回，《中外小说林》自丁未年（1907）五月至戊申年（1908）三月，连载第八回至第三十一回，每期刊出一回，共二十二回，全书未完。惜第一回至第七回已失，现存的第八回至第三十一回当中缺失第二十回和第二十二回。《黄粱梦》叙述清朝相国和珍及其长子和珅，极尽奢侈和贪污腐败的劣行事迹，唯现存的部分章回，写的都是贪官和珍，尚未写到大贪官和珅。

《大马扁》

《大马扁》又名《大马骗》，共十六回，现有日本明治四十二年（1908）九月即光绪三十四年，东京三光堂排印本。首序题为"戊申八月二十日吾庐主人梭功氏谨序于海外"。作序者卢信（1885–1933），字信公，别号梭功，广东顺

德人。1903 年任《中国日报》记者，1905 年加入同盟会，后东渡日本攻读政治学，又赴美办报。1911 年回香港接办《中国日报》。

是书以调侃康有为为题材，反对立宪，抨击变法，卷首诗云："保国保皇原是假，为贤为圣总相欺；未谙货殖称商祖，也学耶稣号教师。"以政见不同，作者对康氏肆意丑诋，揭露"康圣人"原来是个妄自尊大、贪财好色、忘恩负义的大骗子。胡志伟在《传记文学》第七十九卷第四期《为党而官公对也，为官不党笑公愚》中说：

> 从陈少白、曾克端以及康有为二媳庞莲的回忆录来看，黄世仲笔下的康有为基本上符合原型。故著名评论家阿英（钱杏邨）说："抨击保皇党的《大马扁》在当时收到了很大的政治宣传效果；从艺术造诣上说，也是放之晚清第一线作品而无愧色的"，后又说"所以这样抨击康有为，目的是为民主革命运动铲除绊脚石，廓清道路……他是为着种族革命的利益而作此"。

《大马扁》后收入阿英编《晚清文学丛钞·小说卷》。

《宦海升沉录》

《宦海升沉录》（又名《袁世凯》）为近事小说，共二十二回。现有宣统元年（1909）香港《实报》馆排印本。由其兄黄伯耀作序，末署宣统己酉季冬。后亦收入阿英编《晚清文学丛钞·小说卷》。

《实报》于丁未年（1907）正月初六创刊于香港，为革命民主派所办的报刊。

《宦海升沉录》卷首诗云："宦海无端起恶波，功名富贵总南柯；升平不事干城选，鸟尽弓藏奈若何！"此书再一次深刻地揭露了晚清官场的黑暗和腐败。胡志伟在《为党而官公对也，为官不党笑公愚》中说：

从中描述袁世凯青云直上至被迫下野，重点突出满汉之争，藉以鼓动读者的革命情绪，从汉族大官被冤杀被罢斥的惋惜与愤懑，证明国事之不可为，唯有排满革命，才是真正的出路。

阿英在《晚清小说史》中评说：

这本书在当时的暴露官场小说里，是很优秀的。第一，在组织上，他用了一个很强的干线，沿着干线的发展，写了晚清十余年的中国军事政治，缺点是，袁世凯这个人物，被写得过于英雄。第二，一般的暴露官僚小说，只暴露他们的丑态，而《宦海升沉录》却把重心放在政治方面。第三，作者是把满、汉界线划清，描写清廷对汉人官员所能容纳的最高限度，以及他们是怎样的防范排斥。作者恭维袁世凯，其因当是在此。第四，文字很简练。有此四因，《宦海升沉录》便自有其独特存在的价值，而成为暴露官场小说另一倾向的代表了。

全书以大名鼎鼎的袁世凯作为主角，自甲午战争前夜写至光绪、慈禧去世，写尽十余年间的中国政治情势，其间的大事如：中日甲午战争、维新运动、义和团事件、中俄问题和向英国大举借款等，皆是重大的历史事件，且都与袁世凯有关。表面上看来，小说似乎肯定袁世凯开明的作风，但小说也告诉读者，正是这种假装的开明之中，暗寓着他真正的奸诈。全书以袁世凯大半生的发迹故事为主要线索，表现了清廷对汉人官员的排斥、提防、排挤，有些汉人官员甚至被逼得只好弃官而去。

惜黄世仲于1912年春不幸被害，所以并未见到窃国大盗袁世凯后来更为卑劣的恶行，可见《宦海升沉录》的写作与时代同步，而非事后"英明"的叙说。黄世仲将袁世凯善于钻营、奸诈狡猾、两面派以及如何利用清廷谋私利的真实面目，暴露于世人面前，而且描写得栩栩如生，淋漓尽致。

《南汉演义》

《南汉演义》题名"历史广东小说《南汉演义》"，署名世次郎，于1908年刊登于香港《公益报》。未见单行本流传。由叶秀常博士发现20世纪初香港《公益报》连载小说的剪贴本。据叶秀常博士介绍：

> 此小说属演义体之章回小说。全书共三十回，每回有绘图两幅，每幅有八个字的题词一句，这两幅绘图及其题词，都有综合全回主旨之用。全书描写的故事自唐末刘谦之崛起开始，至南汉后主灭亡于宋为止。故事的内容和发展，与正史记叙的南汉国的历史大致相符，但加插了颇多野史的数据，以

革命小说《吴三桂演义》封面　　　　革命小说《吴三桂演义》自序

增加小说之趣味。《南汉演义》借南汉国的建立和发展，表明广东地方有独立、统一的资格，作者借此小说来鼓励及激发广东同胞，谋求取得广东之独立，脱离满清之统治。

《吴三桂演义》

此书是香港大学孔安道图书馆退休后移民加拿大并出任加国图书馆馆长的杨国雄在《港台及海外图书馆所藏黄世仲著作初探》一文中介绍的，据收藏此书的大英图书馆登录：著者署小配，别名世次郎，《循环日报》出版，收藏日期1911年8月15日，一套两册共五四七页，印数两千，售价六角。研究者认为此书很可能是现存的孤书。但胡志伟在《黄世仲研究的艰难历程与现状》一文的注文中又提出：

> 笔者手头有一本北京华夏出版社一九九五年七月出版的《辽海丹忠录》《吴三桂演义》合刊本（属于《中国古典小说名著百部丛书》），其中《吴三桂演义》占232页，23万字，署名〔清〕不著撰人著。

胡志伟先生认为，从此书与《洪秀全演义》的自序与凡例的文章风格、气势和词语相似来看，"不著撰人"当系黄小配无疑。

综合而言，黄世仲的现存小说多具有相当高的艺术水准，从而确立了他作为中国近代小说家的地位。

2.3 关于《党人碑》

《党人碑》始刊于广州出版的《时事画报》丁未年第二十二期（出版于丁未年八月二十五日，即1907年10月2日），至戊申年第十七期（出版于戊申年七月十五日，即 1908 年 8 月 11 日），共分为二十五回（该期刊误标为第二十四回）。每期刊出的篇幅约为四页，最后一期仅见刊出的小说头两页，后面约有两页已残佚，难以断定此章即为小说的最后一回，更何况此后的各期《时事画报》，如今已找不到。研究家颜廷亮认为：

> 从这部小说所写内容方面推测，全书至这一回尚未结束。但全书至少有二十五回，当是可以肯定的。不过，从第一回到二十五回，也未完整地保存下来，而是残佚甚多。经检点，今所能见者仅第一至第八回、第十一至十二回、第十六回、第十九至二十回、第二十二回及第十回尾部数百字和第二十五回的前半回，约占第一至第二十五回全数五分之三的样子。至于该小说是否写完以及是否有单行本，今已难详。

《时事画报》连载《党人碑》时，书名上方标有双行"近事社会小说"六字，但未印作者的姓名。《时事画报》自丁未年第二十一期起，在连续数期刊出"本社小说《廿载繁华梦》全书出版预告"的同时，也刊出"又有新小说出世名《党人碑》"的广告，介绍作者是黄小配，可知为黄世仲所著。有趣的是，广告中还说：

> 迩者党祸多且烈矣。是书内容历叙十数年来中国近事，及党人起伏之情状，一一写出，只作叙事，不加论断。是书于社会有绝大关系，不可不快睹也。著者即本社撰述员黄君小配。前著《廿载繁华梦》一书，其笔墨价值，久已有目共赏；今此书实后来居上，以著者透视近事十余年，积胸已久，然后下笔成文，其数据丰富，布局奇妙，及笔墨精当，自不待言。阅者各手一篇，当不以斯言为夸大也。

《党人碑》以孙中山（书中名为原武）为主人公，第一回至第六回从安思

《党人碑》内文剪影（香港大学冯平山图书馆）

惠（影射康有为）到京赴北闱后种种荒谬的言行和回乡后谋作两广书院院长不成，以及深夜上山向林乔（影射陈千秋）传道统写起，引出原武（即孙中山）与友人陈虞（指陈少白）、杨文（指杨衢云）等在香港组织兴中会，筹划在广州举事，以及事败后众多党人英勇就义。第七回之后的情节，则双线发展：一面写安思惠（康有为）等兴起的维新变法运动和后来的保皇活动，一面写原武（孙中山）等革命党人那种败而不馁、继续奋斗的精神。胡志伟认为，对比康有为一伙贪图功名、钻营谋官等卑污嘴脸，爱憎极为分明。这是中国近代文学史上唯一为孙中山等革命党人树碑立传的长篇小说。

现在能看到的小说残本，最后章节讲的是安思惠（康有为）初到星加坡（今译新加坡）和吉隆坡等地从事的保皇活动，此事发生在 1900 年。所以研究者估计，小说很可能会叙写 1900 年下半年惠州发生的"三洲田起义"、史坚如暗杀两广总督德寿，直到 1906 年"萍浏醴起义"、1907 年五、六月间先后爆发的"潮州黄冈起义"和"惠州七女湖起义"等事件。

黄世仲反对清廷参与创建民国的历史功绩，不仅受到后人敬佩，而从他留下的文学作品来看，作为一位中国近代卓越的小说家，黄世仲应是当之无愧的。

梁启超把小说区分为"理想派"与"写实派"两大类型。周锡馥在《黄世仲和他的小说理论》中说道："黄世仲的小说都是'为时而著'，有为而作的，和清末的时势尤其革命风云息息相关，而且几乎全部取材自实有的历史（或当代）人物事件，所以明显地属于'写实派'的范畴。"从今天的角度来看，在 20 世纪初，黄世仲的小说理论的确代表了中国文学有史以来小说理论发展的高峰，其中包含着许多颠扑不破、历久常新的精义和至理。

周锡馥同时提到，黄世仲认为文学有重大的社会教育功能和特殊的影响力，不可等闲视之，故开宗明义提出："一代文风之宗尚，即社会知识之通塞寓焉，亦国势之强弱因之矣。"而小说更直接有"转移社会之能力，与制造国民之知识、可以感觉人心"的重要作用，是"救病之圣药、导光之引线"。黄世仲提出所谓"振国民之灵魂""转移世界"等，所指实已超乎康梁一派主张的维新、改良的层次，而隐含"社会政治革命"的意识在内了。

第三章 《党人碑》中的革命与保皇

3.1 《党人碑》与孙中山的反清革命

辛亥革命推翻清朝三百年的统治，建立亚洲第一个民主共和国，中国的历史进入新纪元。

台北"中研院"院士张玉法教授著《中国现代史稿》说：

> 辛亥革命的过程，可分为四个阶段：第一阶段，从1894年到1900年，称为"倡导时期"；第二阶段，从1900年至1905年，称为"志士争起时期"；第三阶段，由1905年至1911年，称为"分途发展期"；第四阶段，由1911年至1912年，称为"革命成功期"。

1894年中日甲午战争，清朝惨败。同年兴中会成立，其后到1900年孙中山、陈少白在香港创办《中国日报》之前，称为辛亥革命的"倡导时期"。"兴中会于1894年正式成立于檀香山；次年又于香港成立分会。从1894年到1900年之间，兴中会共有二次革命起事：第一次为1895年的广州之役；第二次为1900年的惠州之役。

1900年以后，到1905年同盟会成立之前，各地各界的爱国志士，将排外运动转化为民族主义，分头并进，目标都是要推翻腐败的清政府。因此，能以较理性的态度，支持反清的革命活动。此为革命势力迅速成长的时期。据张玉法统计，此一时期群众暴动和暗杀事件有6次，新组织的革命团体有56个，与革命志士有关的学校有40间，创办的革命报刊31种，宣传革命的书籍有47种。

从1905年6月同盟会成立到1911年武昌起义之前，是革命运动迅速成长时期。此阶段各地的革命团体由联合到分途发展，声势浩大。据张玉法统计，此阶段先后组织的革命团体达110个，与革命党人有关的学校98间，新创办的革命报刊 93 种，重要的群众暴动 23 次；暗杀事件共 31 次，其中属于同盟会者 25 次，光复会者 6 次。

从 1911 年 10 月武昌起义，到 1912 年 2 月 12 日清帝宣布退位、清朝灭亡，此阶段称为"革命成功期"。而与此同时，中国又开展了新一阶段的政治斗争。

中华民国二十九年（1940 年）4 月 1 日，国民政府表扬孙中山"倡导国民革命，手创中华民国，更新政体，永奠邦基，谋世界之大同，求国际之平等，光被四表，功高万世，凡我国民，报本追远，宜表尊崇。通令全国，尊称先生为中华民国国父"。

民国创建迄今，"孙中山"三个字，久已深植人们心中；人们乐以"中山"命名，诸如中山县、中山大学、中山医学院、中山纪念堂、中山图书馆、中山文化教育馆、中山学会、中山纪念碑、中山装、中山路、中山港（原名唐家湾，民国十九年 5 月改称）、中国南极中山站（1988 年成立）等，可为明证。

1942年美国发行的"林肯与孙中山"邮票

又如"中山林"，时孙中山灵柩暂厝北京西山，因此西山各团体为永远纪念，乃在西山碧云寺旁辟植树园，设中山纪念林，每年逐渐扩充植树，将来可成为森林。

据孙中山胞姊孙妙茜（1863—1955）云：

> 祖父敬贤公以耕读发家，颇有钱。后以醉心风水，屡事坟工，所费不赀，变卖田地，入不敷出，家赀遂耗。至父亲达成公，亦好风水，终年养一来自嘉应州之风水先生。各祖先坟地，皆父亲所寻得改葬。祖父之坟，地师谓葬后十年，必生伟人。咸丰四年安葬，至同治五年总理诞生，相去果仅十三年也。

在孙中山元配卢慕贞夫人遗物中，发现孙中山先生的生辰八字：

> "干诞于同治五年十月初六寅时"（丙寅、己亥、辛卯、庚寅），合公历为11月12日。侍护孙氏多年的贴身侍卫赵超来台湾后，撰有《党史拾零》一文。略云：关于尤烈、陈小白（按系尤列、陈少白）常称总理为肖洪先生；尤、陈两公素尊重总理，每于茶余酒后，均极度推崇，常称总理为洪秀全第二者，非开玩笑，起绰号也。兹纪述两公之言，拉杂书之如次：于反满清之点，是人所共知，无待喋喋，以形相论，洪先生眼较圆、眉浓、耳厚且长，须长；总理眼长、睛黑如漆，且重瞳（按有史以还，重瞳者，祇大舜及项羽而已）、眉淡，仅与眼齐，言不露齿，唑不见唇，阴隙纹特显，短发，不甚整齐，承浆略陷，左右地库嫌少，左耳高于右耳。除上述数点，稍有出入，至整个面形如椭圆，两边天仓异常饱满，颧骨插天仓而藏；天庭骨隆起，日月角显而带圆，龙行虎步，尤以两耳后（骨耳）骨，特殊高涨（并非脑后见腮），在后望之，头部似斗方，据故老相传，上述形态举止，酷肖洪先生，万万人中，

不易见之云。故凡塑总理像，无一神肖者，大都注意于面部，而忽于耳后之骨，及其他细部。因此，正面或像，惟侧面及背后，总难得类似者。

按孙中山幼年时，向慕洪杨革命；及长，对其诸王自相残杀则非之。各书多载孙中山受洪秀全影响甚大，殊不知二人之相貌举止酷似。

《党人碑》作为第一部以推翻清腐败政府和宣扬革命思想为主题内容，以孙中山领导的革命活动为主轴的纪实小说，其核心描写的内容正是张玉法教授所说的辛亥革命第一阶段"倡导时期"的历史风貌。

研究黄世仲的颜廷亮指出：

> 孙中山是中国民主革命的伟大先行者。还在晚清时期，就已有长篇小说写及孙中山及其革命活动，曾朴所著的《孽海花》即为一例。然而，真正专门地通篇以孙中山为主人公而对之加以歌颂的近代长篇小说，却以黄世仲的《党人碑》为第一部。不仅如此，而且据笔者所知，黄世仲的这部小说，大约还是唯一的一部真正专门地通篇碑赞孙中山及其革命活动的晚清长篇小说。《党人碑》的重要意义，于此可窥见一斑。

从《党人碑》描写孙中山（小说中称为原武）的这个角度来看，这部革命小说饶富历史意义。尤其可贵的是，作品再现了辛亥革命党人历尽艰辛、百折不挠的大无畏精神，详述了先烈们的起义活动，其中更熔铸了近代中国人追求民主的热情与执着。

辛亥革命领袖、中华民国的主要创造者孙中山（1866－1925）于光绪二十年十月（1894年11月24日）在美国夏威夷檀香山联络华侨、创立中国第一个革命组织兴中会。次年（1895年2月），孙中山回香港成立兴中会总部。在会员入会誓辞中，提出"驱除鞑虏，恢复中华，创立合众政府，倘有贰心，神明

兴中会时期孙中山行踪图（革命文献第六十四辑《兴中会革命史料》）

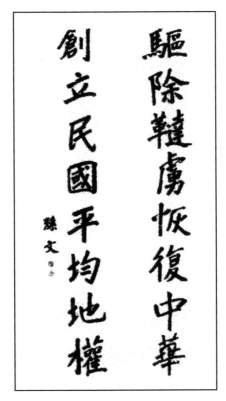

中国同盟会誓词

监察”的革命纲领。此后，孙中山于光绪二十一年乙未九月初八（1895 年 10 月 25 日）发动第一次革命“广州起义”，于光绪二十六年闰八月（1900 年 10 月）发动“惠州起义”，皆遭清廷镇压而失败。在此期间（1900 年 1 月 25 日），孙中山曾派遣兴中会的陈少白在香港创办革命喉舌《中国日报》；同时亦积极联络珠江和长江流域的会党组织，并于光绪二十五年（1899 年 10 月），由兴中会、广东三合和两湖哥老会在香港联合组建兴汉会，歃血立誓，公推孙中山为总会长。

费正清和刘广京合编《剑桥中国晚清史》第九章第 543 页提到：

据说，孙中山于1897年在英国的研究中，大量吸收的政治思想，在1900年尚没有明显的表现。革命在这个阶段中只是一种传统的扎克雷起义或盲动主义式的暴动，还不是二十世纪的革命。

因此，对一个比孙中山更加客观的观察家来说，他的运动在1900年的失利以后，前景看来是颇为暗淡的。回顾一下，暴乱给人们深刻印象的是它勃然而兴，忽然而亡。考虑到1900年的局势不稳，同时应注意到这种不稳乃是国内一百多年动乱和外国数十年来对中国剥削的结果，那么，革命党人的成就比起他们拥有的广泛机会来说就相形见绌了。这或是学者们夸大了清王朝衰落的程度，要么就是1900年的革命确是一场很软弱的运动。

孙中山的几次失败，再加上几位亲密合作同志的死亡或变节，使他平日昂扬的精神受到暂时的打击。他给一个朋友写信道："时（1903年7月）我在日

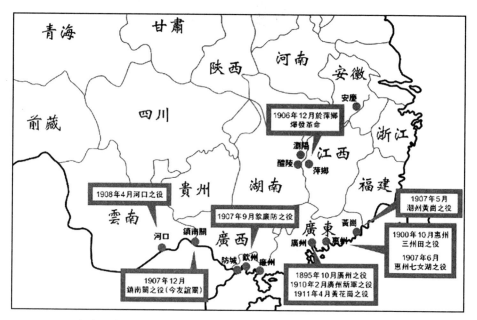

辛亥革命前的历次起义形势图（中国国民党中央党史委员会提供）

本，财力甚窘，运掉不灵。"他在东京逗留了几个星期，在灰心之余启程去檀香山，重新周游海外寻求华侨的支持。

进入 20 世纪后，孙中山与日本留学生组织"国民教育会"，宣传革命救国纲领，并于光绪三十一年七月二十日（1905 年 8 月 20 日）在日本东京，以兴中会为基础，联络蔡元培、吴敬恒（稚晖）、秋瑾、章炳麟的光复会和宋教仁、黄兴的华兴会，加上后来加入的曹埃布尔的日知会等革命组织，共同创立中国同盟会。同盟会以孙中山提出的"驱除鞑虏，恢复中华，创立民国，平均地权"16 字革命纲领为宗旨，推选孙中山为总理，下设执行、评议、司法三部；此革命宗旨比兴中会更加明确，首次提出"创立民国"及"平均地权"两大政策。同盟会成立后，在光绪三十二年十月（1906 年 12 月）发动湘赣边界的"萍浏醴起义"，仍遭清廷镇压而失败。

光绪三十三年二月（1907 年 3 月），孙中山在越南河内建立革命活动的总部，并于当年发动四次起义："潮州黄冈之役"，"惠州七女湖之役"，"防城之役"和"镇南关之役"，皆遭失败。"镇南关之役"爆发时，孙中山曾与黄兴、胡汉民等人亲赴前线参战。光绪三十四年（1908）越南法国殖民当局，应清政府要求将孙中山驱逐出境，孙中山遂赴新加坡避难，委托黄兴和胡汉民继续指挥革命活动。

孙中山在 1895 年到 1908 年的 14 年间，总共发起和领导了多次反清起义，惜均告失败。换言之，孙中山当时的处境是相当艰难的。今存《党人碑》小说，连载于丁未年八月即 1907 年 10 月至戊申年七月即 1908 年 8 月。孙中山本人虽然面对接二连三的失败，但毫不动摇其坚强的意志，他强调："吾党经一次失败，即多一次进步。"又再三告诫党员在失败之后必须"谨慎戒惧，集思补过"，力求"党力庶有充实之时"。

但是，一些意见不同的革命党人仍给他扣以种种的恶名，例如：称他为"不学无术的亡命之徒"，"胆大妄为的寇盗"，或胸无点墨的"莽汉"等等。当时年轻的湖南革命者宋教仁说出了大家共同的看法："孙中山只能大声嚷嚷而已。"这便是孙中山当时被称为"孙大炮"的原因。尽管孙中山自己回忆说："1900年革命起义失败后，人们不再拼命贬损我了"，"进步分子实际上同情我的不幸遭遇"。但实际上孙中山在当时饱受的挫折，确是愈来愈严重。

到1908年初，同盟会已经耗去了大部分的精力。约在一年之内，该组织一次又一次发动或参加起义，可惜没有任何明显的成效。清政府在镇压这些起义时，似也轻而易举。革命党人起义连遭失败，使内部发生了激烈的争执。早于1905年被掩盖的歧见，重新浮上台面，把团结的门面打得粉碎。《民报》主笔章太炎也发表了批评共和主义的文章，论调也十分悲观。

同时，1905至1906年间，清政府对外国当局逐渐施加压力，要求它们取缔或限制革命党在日本、东南亚等国和上海公共租界地、香港及其他外国庇护所的活动。在国内，清政府不断镇压持不同政见的人，革命活动虽仍在继续，但行动变得愈加困难。于是，诸如学生、秘密会社、革命的知识分子和反清的商绅等，在以后的两年中各行其是，各自为战，直到1910年才开始组成新的队伍。

1907年被逐出日本和1908年1月被逐出越南河内的孙中山到新加坡避难。孙中山以新加坡为起点开始恢复旅行，游说世界各地的华侨，继续支持推翻清政府、创建民国的理念，这表示他仍在实践十三年前树立的革命志向。

1907年（光绪三十三年）正值孙中山在河内领导西南边境起义时，以留在东京的同盟会会员，亦是《民报》主笔的章太炎为代表，以《民报》经费短缺和起义屡屡受挫等为由，主张罢免孙中山在同盟会的总理职务。1909年陶成章等又以同样的理由，带领一批同盟会会员，公开诋毁和攻击孙中山，再次提出罢免孙中山。这两次的"倒孙风潮"，虽经黄兴等人极力抵制而暂告平息，但孙中山已失去东京同盟会本部的领导地位，他只能领导同盟会在中国南方、东南亚和美洲各支部的活动。

在孙中山的革命生涯中，最严峻的时刻，党人黄世仲自始至终以坚决的态度，支援和拥护孙中山，并创作其革命纪实小说《党人碑》，以此来歌颂、宣扬孙中山精神，非常难能可贵。

以上的历史背景，也印证了颜廷亮所说："黄世仲的这部小说，大约还是唯一的一部真正专门地通篇碑赞孙中山及其革命活动的晚清长篇小说。"

《党人碑》第一回《遇风潮扬帆登岸，留京邸递信赚同门》在词曰"漫天毒雾飞，匝地腥风涌……"之后，开首即写：

> 看看看，大风来了，沙尘滚滚，一阵一阵望东方去了，可不是西风么？怪得很，怪得很，向来是没有这般利（厉）害的。今这样，是天时也变了！又试试看，那大江之上，波浪也滚起来了，汹汹涌涌，连天拍岸。怪道是风起水涌，这风潮好不利（厉）害么！那时，老的少的，男的女的，都来观看；连那睡在黑甜（乡）里鼾声如雷的，也一齐惊醒，爬起来观看。但见洪涛骇浪之中，有一只小舟，随波上下，险些沉没去了。幸亏舟中还有几人，当中一人牵着绳子，张起帆来，顺风而下，左右两人撑定那双桨，船后一人把定梢，几多辛苦，也渡过对岸去，幸得没事。各人看的，都喝一声彩："不知高低！"

小说开篇用象征手法来烘托时代气氛，隐喻孙中山顺应历史潮流，在时代的惊涛骇浪中，英勇搏击，开展百折不挠的革命行动，最后取得胜利成果。正如颜廷亮指出：

> 人们当可看到，小说第一回开始那段相当于"楔子"的文字，正隐括和预示了整个作品的思想内容，即：《党人碑》是要写顺应历史潮流，进行资产

阶级民主革命的原武（孙中山）等革命者在与逆历史潮流而动的安思惠（康有为）等改良／保皇派的对立和斗争中搏击风浪，勇敢直前的伟大事业的。熟悉孙中山其人以及辛亥革命前后历史的人，当能看到，那位顺应风潮、扬帆勇进的人，影射的正是这里所写的原武，而原武影射的则正是孙中山。

小说第二回《伪圣人登山传道统，真医生爱国鼓风潮》的最后一段描写"爱国鼓风潮"的"真医生"说：

> 你道那人是谁，却是姓原名武，亦是中国广府人氏。早先读西文多年，然后习得中文，凡中外政治书说，看的不少，因此明得国家种族的大势。
>
> 曾在省城一个医局，学上了一名卒业医生，再在香港一间医院毕业。尝说道："丈夫不作良相，亦作良医，以能救人也！然与其医人，何如医国？"因此便怀了一个国家思想。
>
> 这时年已二十七岁了，听得安思惠传道门生的事，便愤然道："安某这般行径，还待欺谁？活是一个伪君子！待俺勉做些事业出来，看他称圣称贤的人，有什么面孔！"说罢，便积怀大志，要与同气的誓干那惊天动地的事。因此之故，便鼓吹得无限风潮出来。

接着又在第三回开头，描写原武"便走往澳门欲与二三同志，谋立一个时事会，又名兴中会——这兴中二字，就是兴起中国之意，只是顾名思义，那安思惠只尚空言，他就要讲时事的意思"。这段描写完全符合孙中山的生平事迹。

孙中山于光绪五年五月（1878 年 6 月）即他 13 岁时，侍杨夫人赴檀香山。始见轮船之奇，沧海之阔，自是有慕西学之心，穷天地之想。在他兄长孙帝眉（德彰）经营畜牧业的茂宜埠当地求学，进入由英圣公会教会主办、以英语授课的学校檀岛意奥兰尼书院（Iolani School——夏威夷语，意指飞鹰翱翔天国）就读，入学时注册学名为孙帝象（Sun Tai-cheong），开始接受西方的科学、文化等知识的基础教育。

5年后，光绪九年癸未六月（1883年7月）即18岁时，孙中山由夏威夷檀香山经香港换乘沙船回翠亨村，第一次到香港。同年11月就读于拔萃书院（Diocesan Home）。1884年4月，孙中山转读中央书院（Central School 创办于1862年，1889年改名维多利亚书院 Victoria College，1894年易名为皇仁书院Queens College），仍以孙帝象名字注册入学，学号编为"2746"，时年19岁。

两年后，他于光绪十二年（1886）在广州博济医院附属南华医学堂念书，第二年（1887）转学到香港西医书院（香港大学医学院前身），5年后于光绪十八年（1892）毕业。毕业后曾到澳门镜湖医院任西医师，并自设中西药局。

孙中山在香港不仅受到科学训练，而且启发了他的政治思想。"外人能于数十年间在荒岛成此伟绩，中国以四千年之文明，仍不如香港，其故安在？"于是由市政之研究，闻诸长老，英国乃欧美之良好政治，并非固有者，乃久经营而改变之也："吾国人民之艰苦，皆不良之政治为之，若救国救人，非除去恶劣政府不可，而革命思潮，遂时时涌现于心中。"这是他自述其政治革新动机的由来，并说"我之革命思想，完全得之于香港"。

光绪二十年（1894）孙中山27岁时，中日甲午战争爆发，清廷战败被逼签了丧权辱国、割让台湾的《马关条约》，举国震惊。孙中山到天津，投书李鸿章，上陈富强之大计，必须"人尽其才，地尽其利，物尽其用，货畅其流"，与改良派的议论截然不同。他希望李能有所作为，而李对他未加理会，孙旋去北京，以窥虚实，并入武汉，视察长江形势，然后再赴檀香山，于是集结华侨创立兴中会。

次年（1895年2月）孙中山回香港后，合并了另一救国团体，即杨衢云领导的"辅仁文社"。他与友人杨衢云、谢缵泰、陆皓东、郑士良、尤列等数人共同在香港成立名为"兴中会总部"的反清组织，宗旨为"驱除鞑虏，恢复中华，创立合众政府"，会址设在香港普庆坊坚道士丹顿街 13 号。

对照《党人碑》的描写，可见黄世仲这部小说中的主人公原武，写的确是孙中山与其党人的真人真事。

小说中的孙中山（原武）"与其医人，何如医国"的观念，强而有力地表达了他"胸怀大志"的抱负。黄世仲在小说中描述孙中山"誓干那惊天动地的事"，评价极为真实确切。70 年后（1978 年），英国剑桥大学出版社出版的《剑桥中国史》

康有为

第十一卷亦评论孙中山具有"适宜于做惊天动地大事业的品质"，给予孙中山的志向、气魄和才华以极高评价。

中外史学家在事后作此评价，固然可贵，更难能可贵也极为不易的是，黄世仲身处于风云变幻、复杂曲折的历史变量中，在结果尚未坦然显露之前，实在难以把握当时的人事。尤其是当孙中山屡遭失败并被党内友人鄙视、嘲讽和排挤的艰难时刻，黄世仲能给予孙中山如此崇高的评价，显示出他的慧眼卓识，作为一位身兼革命家的文学家，的确令人钦佩。

小说第五回《原党首计走陈村圩》，叙述原武领导的革命活动因走漏风声等等原因，未能如期进行而告失败。革命党人处于被围剿、追捕的困境之时，书中描写原武"不可因自己危险，就不顾他人性命"，毅然放弃及时逃脱的机会，"回转步来"，重履险地，救出党友陈虞后，才从容避走，经陈村、香山转道澳门，终于脱离虎口。

《党人碑》如实地报道了革命党人屡战屡败、屡败屡战的艰难过程，通过讲述原武临危不惧、机智清醒和舍生取义去救助革命同志的高尚情操，赞扬了孙中山的领导才华和光辉的人性品格。

《党人碑》并写出敌强我寡、严峻冷酷的客观环境造成起义的失败，又突显原武百折不挠、坚韧不拔的顽强意志，对革命的信心及积极乐观的精神。黄世仲在《党人碑》第七回写道：

　　且说原武自在省城失事后，走回澳门，筹些款项，抚恤朱、邱、陆、程四人的家眷，并把未动的军火卖了，留款项另作别用。只当时同事的，少不免有些灰心失意。原武道："凡办事的，总有一种忍耐性才使得。况我们当初说得来：行之终身，传之子孙，此心不易！今偶然失意，正当再求良策，诸君何便这般失意呢？"

　　原武以自己超强的意志力和最后必胜的信心来感染众人，鼓励大家败而不馁，再接再厉，继续为革命事业努力奋斗不懈。当大家追究起义失败的原因时，众人批评霸占会长之职的杨文误事，原武却大度地劝慰众人说："事已过了，设论谁是谁非，说来反被人笑话。总之，自后小心办事，前事倒不必计较了！"表现了原武严于律己、宽以待人，善于团结党内力量，甚至包括与自己有利益冲突的党内同志，显示出原武的宽阔胸襟和领袖风范。

3.2 《党人碑》与康有为的保皇立宪

　　《党人碑》的另一个主题内容，是揭露和批判以康有为（1858—1927）为首的保皇党之种种劣迹。

　　康有为的政治生涯可分为两个阶段。第一阶段：自光绪十四年十月初八（1888年12月10日）康有为上书变法，提出"变成法"、"通下情"、"慎左右"的政治主张。但这次上书受到顽固派大臣阻挠，光绪皇帝并没有看到。1895年康趁入京应试的机会，联合各省应试举人一千三百余人，于四月初八（5月2

日）联名请愿，发动"公车上书"，这是康有为的第二次上书。于十月初（11月中旬）在北京创立强学会，又名译书局，也叫强学书局。1898 年 6 月 11 日，在光绪皇帝的支持下，康有为开展了"百日维新"的变法运动，这使他成为名闻天下的风云人物。

后来，变法受到慈禧太后镇压，谭嗣同等精英被杀，康有为和梁启超等流亡国外。其实，孙中山早于 1895 年已发动反清起义，但以康有为为首的维新派，依旧坚持保皇立场，并以维护清朝的统治为己任。

变法失败后，康有为逃亡海外，专门从事保皇活动，以康有为为首的保皇派，无所不用其极地从事破坏反清革命的活动。这是康有为政治生涯的第二阶段。此时，保皇党势力已在海外日渐兴盛，而黄世仲却在同一时间投身于革命。他于 1903 年自新加坡回香港，任职于孙中山委派陈少白在香港创办的《中国日报》，成为该报主笔之一。此后，《中国日报》的革命议论，多出自黄世仲手笔，凡有革命驳议，也由黄世仲反击。此年冬，黄世仲在《中国日报》发表《辨康有为政见书》，代表革命党向保皇党做出响亮而有力的回击。

学者罗香林在《乙堂札记》中说：

> 是年，南海康有为先生为君主立宪张本，反对民主革命，提出革命种种之非难，以吓中外国人，促其反诸共拥君主立宪。其《政见书》流至香港，黄氏读之再三，拍案呼曰："此国民之祸水也，是不可不辨。"乃秉笔一挥，驳其非处，爰引中西文化，首揭民族主义、民权主义，为国父三民主义之革命救国与保皇立宪改良主义分野界定，以客观之比较法，导众自行抉择，影响至深，与章太炎先生《驳康有为论革命书》相呼应，时人有"北章南黄"之誉。

马楚坚博士指出：

康圣人以戊戌政变所树立之地位，及因失败获外人与华侨之同情、敬重，受其宣传所惑而产生协助其于海外之势日炽，盖倚重其改良主义思想，致使康梁立宪思想风靡一时，"其反对革命，反对共和，比之清廷为尤甚"之优于革命派之旋风，遂为黄世仲以义士之先锋笔所击散其锐气，"笔力万钧"，而且与孙中山的革命活动和宣传配合及时、默契，此更可见"黄氏于中山，知之甚深矣，无负于尤列之知遇而荐为南中国门前担任革命宣传先锋者"。

此后，革命党与保皇党处于长期激烈的论战状态。黄世仲自始至终认为，推翻清政府的民主革命，必须与批判保皇党同时展开。所以他在《中国日报》和多家报刊撰文宣传革命思想的同时，亦发表多篇小说。在小说《党人碑》中，他一方面赞扬孙中山（原武）的革命精神，另一方面也揭露和批评康有为（安思惠）的丑恶嘴脸。

《党人碑》虽然是一部纪实小说，但全书的叙述都是以孙中山、康有为的真人真事为版本。小说中写安思惠为南海人士、本是个举人等等，都与康有为的出身、家世、经历相同。又说："安思惠的叔祖父名安国熙，由武功出身，曾任广西布政使兼署广西巡抚"（见《党人碑》小说第二回）。康有为的从叔祖父康国器，护理广西巡抚，小说中的名讳、官职都与他相近或相同。

《党人碑》描写安思惠的保皇活动，恰恰与康有为当年的所作所为相吻合。正当革命党人努力展开推翻清政府的活动时，康有为于光绪三十三年二月十日（1907 年 3 月 23 日）自欧洲赶赴纽约，出席保皇党人召开的"议行君主立宪"大会，组织"中华帝国宪政会"，为行将灭亡的清政府寻找苟延残喘的政治出路，为保存专制制度作出最后的努力。该会的章程第二条说：

本会名为宪政，以君主立宪为宗旨，鉴于法国革命之乱，中美民主之害，以民主立宪万不能行于中国，故我会仍坚守旧说，并以君民共治，满汉不分为本义，凡本会会员当恪守宗旨，不得误为革命邪说所惑，致召内乱而启瓜分。

又于第三条中申明"本会以尊帝室为旨"，摆出一副死保清廷的姿态，公开攻击孙中山领导的民主革命；又借用海外侨商的名义，向清政府呈上请愿书，"乞立开国会而行宪法"。

此举，当然遭到革命党人的强烈反击。半年后，黄世仲开始连载《党人碑》，对以康有为为小说原型的安思惠进行猛烈的抨击，其意正是在华侨中，尽力肃清康所造成的恶劣影响。

康有为等在帝国宪政会的章程中，将"召内乱而启瓜分"的历史罪责，强加在革命党人的头上，又讥讽和污蔑革命党人及其支持者"误为革命邪说所惑"，颠倒是非，混淆舆论，莫此为甚！且由于当时的老百姓长期处于清政府的高压统治下，未能全面地鼓动起来。

革命党多赖海外华侨的支持，才能展开一连串惊天地、泣鬼神的革命活动。而保皇党在海外极力拉拢华侨，无异是釜底抽薪，对革命党带来很大的冲击。难怪黄世仲把对保皇党的满腔怒火，在《党人碑》中喷发出来，无情鞭挞安思惠之流逆时代潮流的行径。

在《党人碑》中，黄世仲从才华和学识角度，一层层揭开安思惠的伪装，写出他如何沽名钓誉、追名逐利的丑态和志大才疏、名不符实的本质。小说于第一回即讽刺安思惠"平日情性，总是惊奇立异，要欺弄那些无意识的，好当他是个有本领的人"。安思惠的野心很大，"想天时也变动了，我们正要乘天时变动，发些议论惊人，搏个名声，却也不错"。于是他重起一个别号，唤做"孔让"，意谓孔子还要让他的意思。

但他又志大才疏，他自知"从前考应童子试也不大出色，且门下亦有些文学知名之士，正恐反出门生之下"，却又颇有心机，故而"自高涯岸，便不复再试童科"，改走乡科，以慰自己的求名热心。到北京后，安思惠细想："人生最重要的就是名声。自己只是一个难荫监生，若不拿些本领惊人，哪有人识得自己？"因此自到京后，住在广东馆里，整日都是谈经说史，每出一句话，必要目空一切。或有人与他辩论的，他便要强解经义。他又偏有一副辩舌，所以当时读书人士，都道他是一个狂生，也不敢和他拼命。

这段描写除下了"康圣人"的外衣，展现了他在政治上志大才疏，在学术上"强解经义"且又目空一切的真面目。

众所周知，康有为作为保皇党的领袖，戊戌变法的主要发起人，是一个享有"康圣人"美誉的大人物。黄世仲要批判这个已发表过《新学伪经考》和《孔子改制考》两部名著，并以大学者身份和变法领袖身份出现的改革带头人，公然质疑他的"学问深广、著述等身"假面具，是需有相当大的道德勇气的。

安思惠的本意是想利用孔教的名义，提出变法维新的主张，但这两本书都不能称为严谨的学术著作，只是随意歪曲古史古人，为自己的政治理念宣传；这种做法，在失去当时的时效后，便显得很不高明。

黄世仲在《党人碑》中，讥评其"谈经说史"时，每常"目空一切"，更喜"强解经义"，一针见血道出了安思惠治学空疏、喜走极端、言而无据的弱点。

黄世仲在小说中，描写安思惠在本乡包揽讼词失败，在上海青楼嫖妓逃账，对这个人物进行嬉笑怒骂的嘲讽。一方面说他"曾遣林、陈两位门生同往澳门，知会原武，同谋革命"；另一方面描写安思惠到京后却钻营仕途，考不中科举，"在京运动，得翁相应允保举自己，自然静听升官好音"，却又挥函直寄日本原武处，说"自己入京，专为谋机会出身，好待得权时，冀在京起事；倘发动时，更望相助"（第十二回《誓死生原武惩同党，谭治中、安思惠进章京》）。

黄世仲用这样的笔法，将安思惠塑造成一个脚踏两条船的政治投机人物。

更于第十六回《泄奸谋单车入京城，罹死罪六人临菜市》描写维新变法失败，袁世凯向太后密告后，太后"即使皇上立刻降旨缉拿安思惠一班人"。安思惠闻讯出逃，"先自走出京来，只顾自己性命要紧；至于同党中人陷在京里，也不计了"。这正好反衬了原武（孙中山）临危不惧，重入虎口救出同志的高尚人格。

维新派被捕的有谭嗣同等六人，其中包括康有为的弟弟康广仁。《党人碑》小说中，将康有为之弟，改为安思惠之兄安广惠，谭嗣同则改为谭治中（又多次将"治"误作"嗣"）。小说描写安广惠在狱中哀叹"死期至矣"，不觉垂泪大哭。谭嗣（治）中指责他和其他安氏弟子说：

> 你们何苦埋怨！因你们都是功名心热，欲依靠安某升官的。求福得祸，倒（都）是不识人而又妄想之过，今日还怨则甚！比如你们设身做小弟，又将奈何？小弟屡劝他休对袁侍郎说，那安思惠诳为应允，致有此误。看来那安思惠被袁某所陷，小弟实被安某陷了。小弟不像你们要求官作吏，只自悔不识人罢了。古人说，临难难苟免，怨亦何用？

这段描写有三方面的意思：一是安思惠兄弟、师生是为"求官作吏"，即为个人名利而从事政治投机；二是安思惠智穷计拙、无识人的眼力，故而轻信和依靠袁世凯（小说中的袁侍郎），结果遭其出卖；三是安思惠不听谭嗣（治）中的劝阻，刚愎自用，一意孤行，勉强联合和依靠袁侍郎，终连累众人。

黄世仲尊重冲决罗网、临危不逃、以身殉国的谭嗣同，所以在小说中按史实将他写成慷慨赴义的正面人物，而对安广惠等怕死之徒和安思惠的追求私利、刚愎自用则大加鞭挞。又将谭嗣同轻信和依赖袁世凯，终遭失败的失误也强加在安思惠（康有为）身上，给予无情的讥评。

小说接着又在第二十二回《罹腐疾医士发良方》中，写安思惠亡命海外时，依旧生活糜烂，因寻花问柳而致身患花柳恶疾，同时又欲诈骗富商的钱财。最后，在第二十五回《助民主杞国逞奸谋》中，讲述安思惠"到吉隆坡，立了个保皇会"。可惜今存的《党人碑》至此回的上半回，戛然而止。

黄世仲于 1907 年至 1908 年发表《党人碑》后，随着革命形势的发展，他于 1911 年又创作《五日风声》和《新汉建国志》，再次歌颂孙中山领导的反清民主革命。尽管前书记叙"黄花岗起义"，后书描写"武昌起义"，孙中山本人都不在场，但这两次起义，都是孙中山领导的革命运动一部分。

他在 1908 年又写了小说《大马扁》，将康有为作为此书的主人公，再加讥评和鞭笞。阿英认为：

> 《大马扁》演康有为事，自非完全真实，从把许多恶劣的事件，附到有为身上一点，可以想见小配对其憎恶之深。而写谭嗣同则处处为之开脱，说明他的入京，目的是在革命。

由此可见，以上三书的主题内容，基本上与《党人碑》是一致的。有关《党人碑》对康有为的批评，颜廷亮说：

> 《党人碑》对反面人物的描写，也有突出的缺点，即脸谱化。对安思惠（康有为）的描写，就是如此。作家把许许多多恶行都加到安思惠（康有为）身上；尽管有些恶行可能有客观事实作依据，但将安思惠（康有为）整个儿写成一个伪圣人、真骗子、假道学、真无赖，却既不完全符合客观事实，又犯了作家自己所反对的"褒贬过于渲染"这样的大忌。后来，作者写《大马扁》，指名道姓写康有为时，这种脸谱化发展得更为严重，致使作品艺术上完全失败。

在《党人碑》与《大马扁》中，小说的主人公虽然同是安思惠，却有很大的区别。同是虚构人物，后者较之前者，作者拥有更大的虚构空间，可以不必符合客观史实。另外，从小说的主题内容来分析，由于康有为的保皇党已沦为革命党的重要政敌，黄世仲对安思惠的丑化，不仅是作者对康有为的独到认识，更重要的是符合当时的社会环境需要，具有很大的现实意义。因为以康有为为首的保皇党斥责孙中山领导的革命党和海外拥护民主革命的华侨们"误为革命邪说所惑，致召内乱而启瓜分"，诬蔑他们有引起内战和帝国主义瓜分中国的罪责，是可忍孰不可忍，革命党人岂能坐视不理？

黄世仲的革命小说，在表现了当时的社会风气的同时，亦承担了鼓吹推翻清政府和辛亥革命的社会使命。他彻底否定康有为的维新运动和对康有为作出尖锐的批判，固然有过分之处，但这在文学创作中是允许的。

第四章 《党人碑》结构与情节

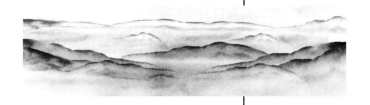

《党人碑》全书目前已知有二十五回，当中缺失约九回半，仅剩六万余字篇幅。现存各回的目录如下：

第二十三回（回目及正文俱缺）

第二十四回（回目及正文俱缺）

第二十五回 助民主杞国逞奸谋 谒党魁东洋悲往事（仅存正文前半）

根据以上目录，可清楚看出现存部分的情节内容，但是原书残佚很多，今已无法窥见全豹。前已言及，因最后刊出的第二十五回一期仅存前半，今存的此期刊物，后面已残缺，此后各期的《时事画报》都未找到，所以也难以断定此章即为小说的最后一回。这是非常遗憾的。本章只能根据颜廷亮和赵淑妍两位教授校定的《党人碑》残本，包括上引目录，作一研究，并据此简述和分析此书的结构与情节。

4.1 两条线索

现存《党人碑》全书为双线结构，分为两条线索：一条是原武和革命党人的革命活动；另一条是安思惠和保皇党人的钻营及政治改良活动，变法失败后他们逃到吉隆坡成立保帝会，全书到此结束。第二十五回后半，"谒党魁东洋悲往事"仅剩回目，内容已不可知。《党人碑》现存约近十五回的两条线索，可以分成以下七个段落：

第一段落

第一段，包括第一回和第二回，属安思惠的情节。叙安思惠看到大江之上，波涛滚滚之中，一叶小舟战胜风浪，顺流而下，岸上众人喝采，他笑着说顺风驶船，不算本事，逆水行舟，才算真有手段。此言一出，遭到众人抢白，安思惠与随行的陈鸣球、梁子绍羞惭而归。

回到寓所，安思惠对各生徒说：今日见了这风潮，可知天时已变动了，我们也要乘时变动，发些议论，搏个名声。安思惠自称"孔让"，意为孔子也要让他。

安思惠告别众门生，上京赶考，住在广东馆。那日广东大小京官聚集在广东馆，安思惠为了搏个名声，竟抢坐上座，被礼部左堂李文亮抢白一顿，安思惠对此怀恨在心。

兵部尚书祁世良因与安思惠那位曾任广西布政使兼广西巡抚的叔祖父安国熙有点交情，故特来相见。安思惠自恃有才，口出狂言，将他气走。

安思惠虽自诩才高，三场考完，却名落孙山。安思惠决定在京多留一年，参加明年的考试。在京的四川书生赵子扬，不求仕进，也不求虚名，一心著述。他已完成一书，专门攻古经真伪鉴别。他听说安思惠狂放，特携书稿，来访安思惠，相互切磋。临走时，安思惠要他留下书稿，表示要细心拜读。安思惠读了赵子扬的手稿，感到议论惊人，自己若先将手稿中的精彩内容在生徒间发表，必能慑服众人。谁知一月以后，赵子扬竟一病不起，安思惠乘机吞没此稿，窃为己有。

第二年恩科，安思惠依旧落榜，他只好灰溜溜地回到广东。门生都安慰他，他更为狂妄，讲书时自称安子，又称诸门生如陈元吉为超回，梁子绍为轶赐，林乔为如参，意思是超过颜回、轶于子贡及似曾参等孔门弟子，那么他自己就显然也已经超过孔子了！

两广总督张子同，新建两广书院，致力于培养人才。安思惠前去拜见，要求让他当山长。张子同表示要选一位有功名的名士，安思惠碰了硬钉子而归。后由梁庆云当了山长，两广书院声誉卓著。

十月中旬某夜，安思惠半夜上山。恰巧他的得意门生林乔也夜不能寐，上得山来，于是安思惠便传道于他。

第二段落

第二段，包括第三、四、五和第六回的前半，属原武的情节。原武识破安思惠托称圣人、假传道统的伎俩。他到澳门，欲立兴中会，为国为民做一番实事。他与同志杨文、陈虞、邓文龙商议大计。邓文龙又推荐陆道中，说他广有资材，兼具爱国思想，可为革命提供钱粮。又推荐另一位好友梁堂，有大批门下好汉，可一呼而集。正谈论间，邱世民、程怀国两人来访，共商爱国大计。

当夜，邓文龙引陆道中来，众人焚香结盟，并推杨文为会长。革命党在香港坚道租一间屋子作为密议之地，令程怀国在省城河南洲头开张一间行栈，作为联络之处。又有朱亮来入伙，共商起义大计。

为了扩大兵力，陈虞又推荐其友"复明党"首领郑瑞，他手下有五七百人。次日，陈虞特去说动郑瑞加盟，回路上恰遇画师王道隆，同去他的办事楼小坐。陈虞见此处隐蔽，以寄托物品为名，欲借此暗中囤积军火。众人办齐军火，暗中组织好人马，商议好具体计划，定于十月初十，在省城举义。不知何故，举义消息泄露出去，省城和香港之间竟谣言四起，都道省城将有变故。杨文打发郑瑞率领一百个弟兄，乘船上省，忙乱中忘了嘱咐他每人各交船费。正要赶去关照，忽然接到急电，更吓了一跳。

原来是原武发来的电报，告知杨文，因起义消息泄密，省城官府已有严密准备，要他停止发付军火。

上船诸人中的为首者，统付了一百人的船费，船上果然引起怀疑，船到广州黄埔，曾任知县的船客李焯文发急电向官府举报。在省城的原武收到杨文的回电，急派程怀国去码头接应。程怀国到船上，找到这一百人，结果他与船上众人被清军围捕，程怀国和数十人被捉，其余的逃走。原武闻讯，急忙将起义的旗帜器械等丢掉，随后从容避走。

路上看到追捕告示，他想到陈虞尚未脱险，就冒险转回险地，遇到陈虞，一同租船到陈村，再转往澳门。陆道中、朱亮、邱世民和程怀国四人不幸被捕，被押到营务处。陆道中受审时宣传革命党声势浩大，将审他的县令吓得浑身冷汗。陆道中等四人受审后，不屈牺牲。原武与陈虞到澳门后，再转香港，与杨文、尤其道、王道隆等重聚。大家商议，先隐蔽一阵，再图新的机会。

第三段落

第三段，包括第六回的后半和第七、第八回，属安思惠情节。安思惠在广东生徒渐多，他更为狂妄了，甚至说不仅广东，中国十八省里，除了自己，已没有其他读书人了。此话恼了翰林出身的朱自新。他曾继梁庆云后任两广书院的山长。他来找安思惠辩论。

朱自新驳斥安思惠后，离去。安思惠从此不敢太放肆。他又想利用原武等革命党，若得成功，可弄一个帝王做做。他就派林乔和陈元吉带密信去澳门，面交原武。原武和革命党识破安思惠的投机心理，未予置理，安思惠心中愤恨不已。正在此时，堂兄安祺惠来诉说他买张寡妇的地产，被张兆芬阻止。安思惠写信给张兆芬，为堂兄说话，结果遭到反驳。他又想抢夺张兆芬担任的西樵公局局绅职位，享受这个职位的丰厚进项。张兆芬在翰林学士潘祖同的支援下，挫败安思惠的夺权阴谋。安思惠在气急败坏之际，林乔前来报告因染病回乡的陈元吉病故，他与众弟子大感伤心。

第二年，安思惠带领友人梁子绍、林之统一起上京赶考。路过上海时，他让梁、林二人先北上，自己独留上海，去拜访前任御史余诚式。他高谈阔论，不着边际，余诚式大为反感，以后躲过不见。安思惠在上海与广东同乡来往，花天酒地。他迷恋美妓朱巧云，与她缠绵多日，后发觉嫖资不足，竟赖账逃离上海，乘船北上。

第四段落

第四段，第十回尾（前缺）、第十一回和第十二回前半，属原武的情节。杨文在当地盘桓半月，识得不少富豪。又舟行二十来天，到达南非，先住入广东会馆。当地华侨听说来了一位中国革命党的领袖，都来相会，并表敬意。杨文口若悬河，倾倒众人，少年梁兆谦尤感佩服，他为杨文发起和安排在会馆演讲，听众人山人海，竟达整整一二千人。杨文发表革命演说，受到热烈欢迎。原武在杨文去南非以后，感到目前国内正在通缉他们，一时难有作为，决定去日本活动，并派陈虞去台湾。

清政府侦得两人的举动，料两人此去，必有所谋，武弁大造其谣，说原武已得海外富商几百万的资助，不日回国大举。连不少报纸也大肆宣扬此事。消息传到南非，杨文立即赶回，想抓住机会，依旧管理党内巨款。杨文虽知消息可能不真，但又鼓动华侨青年同回，求得行费丰足。梁兆谦受叔父所阻，未能同归，有陈来、张彬二人，将店铺顶与他人，各拿了三二千银子同回。

到香港后，确知消息果然是假，杨文难以打发陈来、张彬，就找借口留下他们，自己独自到日本，找原武商议。杨文在横滨寻到原武，故意不提陈来、张彬之事，可是原武已得港澳同志发来的消息，给杨文以严厉批评，同时又批评他在革命党内处事不当并时有私心，杨文下泪认错。

第五段落

第五段，第十二回后半、第十三回和第十六回，属安思惠的情节。如今因败于日本，天子治国决心变法图强，下旨求贤。翁副相、李侍郎等众官皆推举曾经"公车上书"的安思惠等人。安思惠以为能得高官，结果仅得一个章京，颇感失望。

不日，天子召见了一次，虽仅勉慰几句，安思惠对外却大肆吹嘘。梁子绍向安思惠推荐湖南谭治中、唐子常，安思惠既要靠他们做实事，又提醒梁子绍要提防他们"既有才具，恐反在我们之上"，怕他们夺了变新法的第一把交椅。正说话间，林子谷来访。他讲昨日皇上到军机处问新政从何处着手？他回答先裁冗员。安思惠大怒，心想自己设法荐他做了军机章京，他却独自奏对办事，抹杀自己。

林子谷告辞后，路遇王文韶。王文韶告诉他，自己上催行新政的条陈，被礼部尚书许英藜和怀恩发现而痛斥。两人到安思惠处商议，安思惠竟说：待明天我见皇上时再摆布他。林子谷在旁暗笑，他知安思惠根本见不到皇上。两人辞出后，安思惠函请杨文锐过来商议，要他与林子谷当面参革这两位尚书。

恰那日皇上来军机处，听杨文锐和林子谷报告王文韶新政条陈被驳一事，怒不可遏，当即把两位尚书和四位侍郎革职。安思惠等人正兴高采烈，却又大事不好！

袁爱棣侍郎紧急请见病中的凌毓，报告他安思惠谋反之事和他与自己的谈话，以及自己用欺骗手段稳住他的计谋。凌毓马上从天津赶到北京密报太后，太后立即查问皇帝。皇帝感到自己被安思惠出卖，他就说出实情。太后即使皇上下旨，缉拿安思惠一班人。安思惠听得谭治中的言语，逃了出来，躲在礼部尚书李振人衙门居住。李尚书告诉他，昨夜直隶总督（北洋大臣）凌毓半夜入京，有要事密告太后，大约针对我们的新政，可能要出事了！安思惠连忙逃走，并打电报给上海的梁子绍，要他快逃。

朝廷先后抓了林子谷、杨文锐、杨芝秀、刘文光和正在南海馆内养病的谭治中。安广惠躲在相公（男妓）处，相公怕连累自己，将他逐出，他因神色慌张而被守城军士抓获。被捕的六人，迅被刑部押至菜市口斩首。

第六段落

第六段，第十九和二十回，属安思惠、梁子绍的情节，中间有一小段插叙原武的活动。

日本官场因安思惠谎称带有皇帝着他往各国求请救兵的密诏，但又拿不出来，就送他三千两银子，将他押送出境。安思惠关照梁子绍，要他加紧笼络华侨，扩张自己的势力，然后他独自亡命香港。

梁子绍考虑在日本的安身之计，特去横滨找原武求助。原武帮助他创办一所学堂，让梁子绍、林乔等人有一个安身立命之所。梁子绍又谋抢夺权力，要争学堂总理的职位。

经过一番激烈的争吵，梁子绍依旧落选，后经杨文调停，梁子绍才如愿掌权，学堂渐被保皇党人所盘踞，搞得乌烟瘴气。1896 年吕宋（今称菲律宾）独立运动领袖阿坤鸦度（Emilio Aguinaldo）派彭西（Ponce）来日本横滨，寻找原武（孙中山）等人商议依靠美国，赶走西班牙，争取国家独立之事。原武介绍彭西给犬养毅（横滨华侨学校名誉董事长），犬养毅指示龚祺寅藏（宫崎滔天），替他们代购军火。此时，王文韶（王昭）也逃到日本，安思惠怕他泄漏自己的情事，将他软禁起来。

后来王文韶乘看守疏忽，溜至门口，遇见日人木堂（犬养毅），木堂将他带到茶楼，让他倾诉被安思惠等软禁苛虐的情状。恰龚祺寅藏也在座，他也说起自己在天津救助安思惠的往事，咬牙切齿。大家要王文韶写出政变的真相，交上海、香港的报纸登载，不让安思惠再大言惑众，危害于人。

第七段落

第七段，第二十二回和第二十五回前半，属安思惠的情节。安思惠在香港与富商之子游宗元相识，想从他身上骗到钱财。安思惠又喜好冶游，包了一个娼婆，染上性病。秘密请一西医治愈后，由游宗元出资八千银子请到新加坡和南洋游历。到达新加坡时受到热烈欢迎。安思惠在吉隆坡成立保帝会，草草定了章程后，回新加坡。临走时关照陈子仪多收外人入会。几天后，南洋盛传朝廷派首相李龙翔充当商务大臣来查察外洋商务，一时议论纷纷。

从以上内容可知，全书情节清晰地呈现双线结构。可是从现存的内容看，七段情节中仅二段是有关原武的情节，有关安思惠的情节则有五段之多，这可能是有关原武的内容佚失较多的缘故，确是很可惜的。按照作者的原来安排，两条线的情节内容本应是大致相当，从而均衡发展的，现已不知此书的原貌，因此只能根据现有的内容作一些有限的分析。

全书的情节以原武和安思惠的两条线索，平行交替或交叉地向前推进。原武和革命党人的革命活动是自成首尾的一条情节线，安思惠和保皇党人的钻营和改良活动，是另一条完整的情节线。这两条情节线起先是平行交替发展，双方互不关联（中间仅在第三段写到安思惠在投靠清朝的同时，又想利用原武等革命党，若得成功，可弄得一个帝王做做，他就派林乔和陈元吉带密信去澳门，面见原武。原武和革命党识破安思惠的投机心理，未予置理，安思惠心中愤恨不已。这是双方的一次极其短暂的非正式的交往）。

后来，在保皇党变法失败逃到日本后，梁子绍等人求助于革命派，双方虽然联合不成功，但在革命派帮助梁子绍等人谋得生机，并因此而合作办学校的过程中，双方在日本有直接的交往，这时两条情节线在此交会；接着书中又分开描写原武和安思惠各自的活动，继续以平行交替的手法推展情节。这样的结构有效地表现了革命派和保皇派两股政治势力产生、发展和兴亡的全部过程。

同时，在原武与革命派的这一条情节线索中，又使用了双线结构，即原武的革命活动和杨文的行为表现。安思惠与保皇派的情节线索到最后也分成两线，即梁子绍等在东京和安思惠在南洋。全书的结构是大的双线结构中套着小的双线结构，彼此之间有分有合。作者用这样的结构方式，有力地将复杂曲折的情节，组织得井井有条，泾渭分明，且又紧密连贯。

从现有的内容来观察，结合对全书原貌的推测，《党人碑》的结构可以说是严谨、匀称而和谐的。严谨，就是指情节内容紧扣革命和保皇两派人物及其活动，没有游离的笔墨，也没有支离的情节。匀称是指两条情节线大致均衡，无厚此薄彼的意向和效果。和谐是指两条情节线浑然天成，而非各行其是，互不相关。这同时又结合和表现在下面这个特点，即《党人碑》双线结构的设计与小说描写人物时所使用对比、比较、映衬的手法相结合，既取得很好的艺术效果，又能有力地描写以原武为代表的革命派，批判投机分子杨文和以安思惠为代表的保皇派。当然，我们也可以说，以平行推进的双线结构，本身就能有力地起到对比的作用。

此外，《党人碑》有意将原武和杨文作强烈的对比描写，以杨文一线衬托原武，即以杨文的无能、胆怯、自私映衬原武的才华卓著、临危不惧和大公无私。同时，又将原武与安思惠作极端的对比描写，以安思惠的卑鄙、渺小、怯懦，映衬原武的高尚伟大和英勇无畏。

《党人碑》将革命派如何奋起打倒腐败无能的清政府、为中华民族作出伟大的贡献和保皇派如何维护清廷的封建统治，作出两部分强而有力的比较，表达了原武的革命派、安思惠的保皇派和杨文的不合格革命者的主旨。这一点显示作品在当时具有远见卓识，或者说具有深远的历史穿透力，证明黄世仲这位作家不仅是杰出的小说家，而且是一位杰出的政治观察家。

作家若只有技巧，是写不出振聋发聩的好作品的，必须同时具有时代意识和政治洞见，才能创作出优秀作品。反之，如果没有艺术创造力，同样也无力表达重大题材，写不出感人肺腑荡气回肠的小说。

《党人碑》是纪实性革命小说（在当时因描写内容与人物事件的发生年代相近，被称为"时事小说"），这样的结构设计，颇为符合当时的社会面貌，即革命派和保皇派各自的史实真相。惜因原作佚失较多，这方面的内容未有较为详细和具体的描写。因此可以说《党人碑》的结构取得了颇高的艺术成就。结构艺术往往是成功文学作品的重要元素之一，这与《党人碑》元气淋漓、生机蓬勃的整体气韵十分切合。

4.2 《党人碑》与孙中山首次起义

综观以上七个情节段落，黄世仲着重描写的是第二段原武领导革命党发动起义及其失败的情节和第五段安思惠在天子的支持下发动改良变法及其失败的经过。现在作一简略复述和分析。

原武和革命党人都认识到清政府腐败无能，朱亮说："若不是从新建立一个政府，看来是没法了！"原武马上拍掌赞同道："古人说得好，英雄之士，所见略同。"

原武领导革命党起义之事，计划本来比较周全。他们在香港租一间小屋作密议之点；然后先布置各人分头秘密干事，再设法购置军火，同时在广州城内觅得一个隐秘之处，准备囤积军火。另一方面，梁堂门下本有三五百条好汉，便是一二千人也能呼唤得来，复明党郑瑞至少也有五七百人；购办的军火计有长枪一千、短枪两千及东洋剑等，足够发动一次暴动之用。时间定在十月初十，那天正好是皇太后寿辰，各官齐赴万寿宫行礼，正好行事。到时间，北江那里出兵一千，分次而至，先派五七百人，在省城北门外的客家村等候，听候接应，因为那里多有相识的，能得到照应。原武又吩咐：

> 目下当先运些器械，打做货箱的，由火轮付上，作为货物，先寄到河南的栈子，然后分次抬到客家村里，备江北的人物应用……余外统待九日方附（赴）省（城）。统计北门、西门及大南、永清、归德、太平、靖海、五仙八门各用五十人，届时先据城门。北江人马，先令一百人往劫军械局，一来制他死命，二来好得器械来使用。又令五十人先据电报局，这局在靖海门外，可与夺取靖海门的人物相接应。且我们办事，须守公法，应拨一百人保护沙面洋界，勿使扰乱。却使五十人往万寿宫，作为观看行礼，乘势枪击制台。

另分一百人，在军署、抚藩署纵火。这时城中必然扰乱，却好于中取事。举旗以后，不患没人从附。这样，取那省城就不难了！

其余数百人，或分劫司道府县及四营将官衙署，或往来劝抚商民及劝人从附，得城之后，某另有法使人胁从。但他到万寿宫行礼，当在晨早，今约以辰时行事便是。那陆道中是缝衣匠出身，今已嘱他选三二十心腹人员，赶做旗帜，至于伙食，在城中准可随时购买，不必预办。又令梁佳先回江北，告知梁堂遣后路人马，依期由三元里到省。

可是参与密谋的核心人物和具体经办人员，因缺乏经验，竟无意中泄露了机密。他们在办了军械之后，省港中人多知道有人办了大宗军火，只不知何人办的，也不知何处所用。因此，省港中谣言四起，都纷纷传说省城将有变故。

这已给革命党造成很大的被动，更有甚者，除了为首办事的几人，余外如北江来的或香港上的，都因亲属有在省城居住，多有通知他们赶快搬走。他们劝令亲属迁徙，虽未细言理由，但因省城此种谣言既已流行，人们自然猜得八九，于是亲属们互相辗转相告，愈传愈广，弄得满城轰动起来。革命党租借的店铺，开张后不做生意，生人来往又多，马上引起周邻的注意。

更麻烦的是，杨文嘱托的那家行店，原定七点半方寄货的，他却早已寄了。杨文气急之下，只好打发郑瑞带领那最后一百人乘船上省城。忙乱中，他又忘了关照为首的将船费预先分发给众人，让这一百人各自交费。

那一百人上船后，由为首的一人交了一百人的船费，果令船上伙计大为惊奇，船上乘客中起疑心的也不少，因为流行的谣言已深入人心。船上有一位当过知县的，这时正在城外统带营的李焯文暗中认清这为首之人，料定他带一百人上省城必有事故。待轮船到达黄埔码头时，他先自上岸，发了一个急电到官府，说："大伙由港来省形迹可疑图不轨请查拿。"因而许多兵勇包围码头，将这一百人抓住大半，连来接应的程怀国也一起捕去，只有少数机灵的寻隙逃走。

革命党的中坚分子陆道中、朱亮、邱世民和程怀国四人不幸被捕，英勇牺牲。革命党遭此重大损失，又遭到清廷的围剿搜捕，原武等只好远遁海外。

至于《党人碑》第二个情节中所描写的起义活动，基本上与孙中山领导的第一次广州起义的史实相符。

史载孙中山于光绪二十一年（1895）决定在广州发动起义，于是他在此年初回香港成立了兴中会总机关，随后又到广州建立兴中会的组织。几个月之内，兴中会发展了几百人，孙中山于是全力策划和准备起义。他与陆皓东、郑士良、陈少白等人在广州建立的秘密机关有数十处之多。并遣人联络城郊、顺德、香山、潮州、北江、西江等地会党、绿林，又在广州城内策反一部分防营和水师官兵。

杨衢云、黄咏商等则在香港筹集经费，购买军火，招募起义人员。可是清廷广东当局侦知了起义的消息，同时又接到香港政府提供的情报。孙中山决定于重阳节九月初九（阳历 10 月 27 日）举行起义，没想到一艘暗藏军火的船只被拦截下来，起义计划彻底暴露，从香港调来的起义部队被清军拘捕。起义流产，陆皓东等被捕就义。

孙中山藏在基督教牧师黄毓初家里，于 10 月 29 日（阴历九月十二日）转道澳门、香港逃到了日本，从此长期流亡海外，只能在海外继续组织和领导反清革命。

《党人碑》具体地描写了孙中山发动和领导的这次起义，叙述他英勇坚定、指挥若定的领袖风范和冒着生命危险救助同志的英雄壮举。

《党人碑》这部小说也生动叙述革命队伍在人多势众的同时，未免鱼龙混杂。不少人在举义时首先安排家人避开危险，在照应亲属的过程中泄漏了起义的动向，竟然引来谣言蜂起，形成轩然大波，惊动官方，失去先机。又因革命党人缺乏经验，在落实行动计划的具体过程中漏洞很多，思维很不周密。譬如杨文没有派人坐镇店家，切实监视送发军火的时间，于是因店家以自己的方便行事，随意提早发货，造成起义者的极大被动；但箭在弦上，不能中止。他们以店铺作为商议、联络之处，竟不做生意，来往人员不知隐秘行事，连周边的百姓也引起注意，何况官方的密探？

"事成于密，而败于疏。"此为古训，举大事者竟然不知，那么，其失败就难以避免了。至于堂而皇之地由为首者集中付一百个人的船费，在当时是骇人听闻之事。因为那时没有集体旅游、考察、出差之类，即使有人成群外游、上山烧香，一则不会有这样大的规模，不会正好集齐一百个人，更不会是一式的青壮年；二则他们很自然的会每人自己付费，绝不会选出首领式人物，做划一的行动。

如此集队行动，统一付钱，犹如大张旗鼓地进军，毫无秘密袭击的意味。负责具体指挥的杨文固然缺乏领导才能，且秘密工作者一般需要事先经过严格训练，由此可见这次起义之仓促。

这次起义未发一枪，就胎死腹中，其教训值得深入探讨。孙中山领导或遥控的多次起义，全部失败，均事出有因。他的手下缺乏干练的军事和情报人才，是最重要的原因之一。三十年后，孙中山在广州创办黄埔军校，严格训练军事人才，包括情报人才，这便是他数十年革命生涯所得经验教训的产物。可惜为时已晚，不久他便病故，壮志未酬，留下"革命尚未成功，同志仍须努力！"这句意味深长的悲壮遗言，供后人不断思考。

总括而言，这段情节生动地塑造出孙中山作为一位革命领袖的光辉形象和伟大人格，写出革命党人的爱国情操和牺牲精神，亦描绘出当时革命活动的真实场景；同时也详实描写了革命初期革命党人在秘密的政治活动和军事行动中的不成熟表现，说明了革命事业成功的来之不易。

4.3 《党人碑》与戊戌维新

本书另一个重点内容是安思惠在皇上的支持下试行变法，惨遭失败，最后亡命天涯的过程。书中所描写的这个重大事件，实即康有为、梁启超领导的戊戌变法，但因原作这部分佚失很多，情节已难以连贯。本书现存内容主要为安思惠和梁子绍（即康有为和梁启超）在天子（光绪皇帝）支持下于甲午战败后鼓吹变法、变法初始阶段情况以及慈禧太后镇压维新派杀害六君子等史实。这里，黄世仲为了鼓吹革命和打击保皇势力，将史实作了不少改动，因而与历史真实有很大的出入。

史载康有为的变法活动最早始于光绪二十一年（1895）《马关条约》签订之时，那时他正在北京参加会试。康有为组织与发动各省应试举人一千三百多人联名上书，反对签订条约，要求立即变法。虽然未获成功，但影响很大，康有为成为维新派的著名领袖。同年六月，康有为和梁启超在北京创办《万国公报》（后改名《中外纪闻》），报道时事，鼓吹变法。

接着又成立强学会，在上海创办《强学报》，大造维新的舆论。光绪二十三年（1897）十月，德国用巨野教案为借口，用武力强占胶州湾，中国的民族危机加剧，激发维新运动的迅猛高涨。十一月，康有为第五次上书光绪皇帝，指出国家形势的危急，必须立即变法，但并未送达光绪手中。后来在天津、上海的报上公开发表，引起光绪的注意，光绪开始倾向于变法。接着光绪又命李鸿章、荣禄、翁同龢等五大臣于光绪二十四年正月初三日（1898 年 1 月 24 日）在总理衙门召见了康有为，听取他的天下大计和变法主张。

作为帝党首领的翁同龢非常赏识康有为，他向光绪极力推举康有为。正月初七（1898 年 1 月 28 日），康有为通过总理衙门呈递上清帝第六书，提出维新变法的政治纲领。三月，康有为联络、发起但由御使李盛铎出面组织了报国会。此会虽受阻挠并被迫停止活动，但光绪决心推行新政，他于四月二十三日（1898 年 6 月 11 日）颁布"明定国是"诏书，宣布变法。他任命康有为为参赞新政，任命谭嗣同、刘光第、杨锐、林旭在军机处帮助主持变法事务。变法至八月初六失败，历时共 103 天，史称"百日维新"。

在百日维新期间，维新派和保守派的斗争非常激烈。光绪下令变法的第四天，慈禧即迫使他连发三道谕旨，先将帝党的首领、军机大臣翁同龢撤职，逐回原籍；又令慈禧的亲信荣禄任直隶总督；还调动大批军队到北京附近，重兵警戒，密切监视光绪和维新派的一切活动。光绪也不示弱，他将反对变法的礼部尚书怀塔布等 6 人也全部革职。光绪在这一百余天中竟发了一百多道上谕，试图以最快速度，大力推行变法维新的政令。

可是保守势力的阻挡也十分顽强，更且面对慈禧太后的军事布置，维新派毫无实力抵挡，只好利用奸诈的袁世凯，作为对抗。袁世凯精于政治投机，他加入过强学会，骗取维新的名声，手中又有实力：他统率着一支新建的陆军，有七千余人，装备精良。维新派将希望寄托在他的身上。八月初一（9 月 16 日），光绪亲自召见他，赏以侍郎衔，专办练兵事宜。

初三（18 日）深夜，谭嗣同密访袁世凯，劝说他诛杀荣禄，包围颐和园，禁锢慈禧，解救光绪皇帝。袁世凯假装同意，还信誓旦旦地对他说："诛荣禄如杀一狗耳。"初五（20 日），袁世凯即向荣禄告密。荣禄立即派人进京，向慈禧密告维新派的"锢后杀禄"的密谋。慈禧太后闻讯，立即囚禁光绪皇帝，并下令搜捕维新派的首领和骨干分子。

康有为在英国人李提摩太，梁启超在日本人林权助和伊藤博文的帮助下，均逃往日本。

大侠王五和日本公使馆都愿保护谭嗣同出逃，但他却拒绝逃亡，并慷慨宣称："大丈夫不做事则已，做事则磊磊落落，一死亦何足惜！""各国变法，无不从流血而成。今日中国未闻有因变法而流血者，此国之所以不昌也。有之，请自嗣同始。"除他以外，另有刘光第、杨锐、林旭、杨深秀、康广仁被捕。八月十三日（9月28日）谭嗣同等6人于北京菜市口被杀。

此前，慈禧太后于八月初八（9月23日）举行临朝训政后，将光绪皇帝囚禁于中南海瀛台涵元殿；接着，她废黜和逮捕了许多直接或间接参与康梁变法的文人和官员，废除了光绪颁布的所有重要的革新政令。光绪支持的康梁变法于是彻底失败。

谭嗣同慷慨赴义，英勇不屈，令人敬佩，但他夜访袁世凯，敦请他救光绪、杀荣禄、囚慈禧，未免在政治上显得书生气。《党人碑》将此事移花接木地改为安思惠去求袁侍郎，以维护烈士谭嗣同（书中作谭治中）的光辉形象，也出于对保皇党首康有为（安思惠）的憎恨，加强对他的批评力量。当然，作为小说体裁，这在技法上也是容许的。

从康有为、梁启超和谭嗣同发动和进行维新改良运动的全部过程来看，维新派在政治上也不成熟，其领袖人物缺乏政治上的谋略机智，所以将希望寄托在权奸袁世凯身上。他们不懂引导光绪巧妙地与慈禧周旋，争取她的支持，有分寸地施展自己的改革主张，而不是激化帝后之间的矛盾，结果招致自己的迅速失败。

《党人碑》选择原武领导的广州起义和安思惠发动的维新变法作为全书的重点内容是完全正确的，因为这正是革命党和维新派当时最重要的政治活动。在小说发表的当时（1907年），正是革命党人处境极其困难的时刻，更显难能可贵。可惜今因佚失较多，我们难窥全豹，全书的高潮可能还在现已佚失的二十五回之后。在《党人碑》的佚文未进一步发现之前，我们无法领略全书的风采，也无法对全书结构情节做出全面深入的介绍和分析。

4.4 《党人碑》特别环节

《党人碑》现存部分有六个特别环节，颇值得我们注意，本书试作简略的复述和粗浅的分析。

原武处理起义失败的善后工作

在起义失败后，原武本已逃出险境，但他想到其余革命党人也许不知事态恶化，清军正在围捕，尚未能逃出险地。于是，他不顾自身的安危，重入虎口，去寻找和通知身在险地的同志。笔者前已高度评价原武舍身救人的高风亮节，需再进一步肯定的是，起义的失败是因一些会党的徒众不懂保密，先向家人和亲属泄露了风声。作为会长的杨文办事草率，也缺乏责任心，致使乘船进省的一百兄弟，牺牲众多，军火大多丢失。事后原武并不埋怨这些人，"现时事已败了，再不必说。只我们坚心再图机会，谋个成就的日子；总是不能，就死而后已。便传至子孙，倒不可忘却这个念头罢了！"他致力于做扎实的善后工作：筹措款项，抚恤朱、邱、陆、程四人的家眷，并把未动的军火卖了，留款项另作别用。对灰心失意的同伴，原武还鼓励安慰说：

> 凡办事的，总有一种忍耐性才使得。况我们当初说来："行之终身，传之子孙，此心不易！"今偶然失意，正当再求良策，诸君何便这般失意呢？

原武的领袖风度和宽阔胸襟，由此可见。

陆道中被捕后的英雄气概

陆道中等人被捕后，都押在一处。陆道中说："这回被拿，料然必死。大丈夫视死如归，不如索性强硬，反作个轰烈男子！"朱亮与邱世民都深表赞同。小说描写陆道中大义凛然的气概与英勇不屈的节操：

那日押至番禺县署，先提陆道中到堂。那时观审的，塞满衙内，那陆道中神色不变。县令先问："你可是陆道中？为什么要造反？"陆道中道："是！我不是造反，是要取回江山的！"县令道："胡说！你造反是谁人为首的？"陆道中道："是我为首的！还有朱亮、邱世民、程怀国，倒已被拿。其余人物，也说不尽了！"县令道："你党里约有若干人？"陆道中听着，自忖："横竖是要死的，不如重些吓他，好伸一口气。"便笑说道："你休这样问我，实说时，怕吓破人胆子：大约北京至各省，不下四五百万人了！"县令道："你们党羽谋反，是几时起义的？"陆道中道："起义十年了！因联合各省人，故迟至今日合在省城。虽然事败，只各省尚在六七处同时举事的，尚未如何。"县令道："你们造反的钱财，是谁应付的？"陆道中道："广东一路，是我应付。"县令惊道："你有多少家当？"陆道中道："你问这话，大约想抄我的家财。只我由金山回来，家当尽有二百来万，都变了现银，存贮银行，听随时办事。"县令道："省内还有何人同谋？"陆道中道："你休如此问，各衙门倒有如此党羽。我说真出来，怕连你也保不住这颗头颅了！"

以上庭审的描述，栩栩如生地塑造出陆道中这位英雄的卓越形象。

陆道中见县令苦问在省里与何人同谋，心里暗想："县令这般问法，我只宜把在港的同志说出，断不宜把在省的同志说出。若说将来，又不知牵连多少人了！"便拼着胆供道："在省同谋的，你休要问我。我若说将来，连你也有些不便。因你那衙门里，不特是你的吏役，有与我同谋的；便是上房里头，也有把资财资助我的了！我到省城谋事，整整一月有余，若无各处衙门的人作内应，那里藏得许久？今日事败，只出于意外。要杀便杀，多问则甚！"县令听了，吓得心上突突地跳。因他说衙里吏役及上房眷属也有同谋，未知是真是假，怕上台知道自己衙门里也有同谋起事之人，不免连自己也有个处分，道是失于察觉，因此不敢再问。

他那非凡的气概和出众的智慧，既保护了同志，分化了敌人，更让官府和旁观的民众，领略了革命党的浩然正气。

便令把陆道中押过一边，再讯邱世民、朱亮。邱世民也直供与陆道中同谋不讳，又供出与港同事的是陈绍石、杨文、原武、邓文龙几人。县令问道："你好好地不安本分，去营生干业，却要来造反，可不是错了念头？"邱世民道："我营我的生，我干我的业。古人道是天下兴亡，匹夫有责，我们要复回我中国的江山，就要拼把性命不顾，要干这些事业来了！"县令再讯朱亮，也是一般说来。县令见他们如此强硬，觉不必再问，随把口供录了，好详禀上台定夺。

百年之后，我们读到这里，犹如亲听这几位英雄的慷慨陈言，热血不禁沸腾起来。

广东官方审处起义者的不同意见

就在起义失败后，陆道中、朱亮、邱世民、程怀国四人被捕之时，布政司蒋安仁（藩司）向督帅利凤翔提议：

这回乱党图谋不轨，幸仗朝廷威扬，不致酿成大变。只卑职愚见，这党人虽然事败，其中党羽必多。若过于多杀，反使他党羽积心更坚，后来逐渐诱人入党，必致防不胜防。而亡命之徒，更相将从附，是必然的道理。不如将为首的略予监禁，以示宽大……

又去说服两广总督谈文庆："近来风气，比前已大有不同，这批党人羽翼必多，方敢做出这弥天大事来，一举不成，必谋再举，杀戮的多，就发作的速。"先后说服了这两人。但他们被其余官吏的各种言论所惑，尤其是将军保寿认为蒋藩司的建议是"纵乱"。最后他们作为折中，下令杀了这为首四人，其余数十人便全数释放。

这段情节，表现了广东官府的庸弱无能，做官为私。小说用多个官员的争议，描写地方官员对起义力量的估计和对起义者心理的分析，写出不同的应付对策。这不仅描写了官场的面貌，也增加了此情节的波澜，使关心被捕的四位英雄命运的读者，稍松一口气，以为陆道中等人还有生还的可能。

另外，从这段描写可看出作者在政治上的成熟手法。地方政府中的官员并非铁板一块，小说写出了官场中人的性格和处事态度，也写出了人的复杂性。

而今我们看到的是一个成熟的革命党，必非常重视如何打进对方的内部组织，切实去做分化、瓦解的工作；而原武他们不懂，这是他们的起义难以成功的重要原因之一。这个问题值得进一步探讨。

安思惠沉溺于上海妓院和欺骗妓女的劣迹

安思惠第二次进京赴考时路过上海，他不思进取，竟在十里洋场沉溺于青楼之中。他结识了一个美貌的妓女朱巧云。此女善于奉承，安思惠就当她是看上了自己，且与自己有特别的爱情，不胜自喜。朱巧云见安思惠谈东西讲今古，论事务，公羊母羊，逢人说得落花流水，她虽一窍不通，也毫无兴趣，却能顺着他说几句文章诗赋。

安思惠就当她是一个雅妓，以为风尘中得了知己，就不时到朱寓那裏作局。往往一人前往，对面谈心，卖弄自己的文才，什么新学伪经，旧学真经，说到高兴时，在旁的姑娘们听了，暗忖："此人莫不是一个道士，因何终日讲经？"有嘴快的插口道："安老爷！你说的真经伪经，我们却不懂得。若是《太阳经》《观音经》，我们却念得来。"朱巧云为人灵巧，她不等安思惠回答，连忙抢着驳斥："你懂什么？"骂她胡说八道。安思惠更当她是文雅的红粉知己了，"真是一夜不到朱寓，就心儿足儿齐痒起来"。

安思惠将朱巧云视为知己，完全是自作多情。同样处于清末民初，风云变幻的非常时代，蔡锷与小凤仙才真正是风尘中结成的知己，他们合力与袁世凯的称帝作殊死斗争，志存高远。小凤仙暗助蔡锷逃出北京，蔡锷回到云南拉起反袁的大旗，给窃国大盗袁世凯以沉重打击，全国震动。他们忧国忧民，以天下为己任，而安思惠置天下大事于不顾，与妓女鬼混，沉溺于花天酒地，行为颓废，丑态百出。

可笑的是他们两人都有眼无珠，看错对方。安思惠不知花娘随口敷衍，实际根本不懂他咬文嚼字，他完全是在对牛弹琴，还要自鸣得意，受了朱巧云的愚弄。而朱巧云作为风尘女子，更是可怜：她以为安思惠是个有学问也必有信誉的君子，不知道这个满口仁义道德，满肚男盗（他曾吞没已故之人的著作，窃为己有，虽可谓雅贼，但盗窃别人的学问作品，比偷盗人家财物，似更为可恶）女娼的家伙，竟然赖掉嫖资逃走，她既拿不到赖以生活的金钱，又必然要被姐妹们笑话一场，岂不可怜？安思惠为人之缺德，被揭示得深入骨髓，入木三分。

保皇党人在狱中的对话场面

无独有偶，小说中安思惠的弟弟安广惠也沉醉于声色之中，当慈禧太后举起屠刀，杀向维新派时，安思惠已闻讯逃走，安广惠竟还在同性恋的男娼相公处销魂鬼混。他本可躲在相公家中逃过此劫，但娼家无情，他们怕连累自己，逼迫他离开，他终于落入清军之手，陷入囹圄。小说又写道：

> 安广惠到刑狱时，已见谭治中、林子谷、杨芝秀、杨文锐、刘文光几人已先在了；只面面相觑，安广惠不觉垂泪大哭。谭治中道："你兄弟误人至此，还哭什么？"安广惠道："死期至矣，安得不哭？"
>
> 林子谷骂道："你兄弟们暗里做事，不令人知，却要陷人于死；及事情发了出来，也先自逃走，亦不告人知道。这样是你兄弟自作自败，死当无怨，只是我们就太不值了。"刘文光、杨芝秀齐道："林、杨两位还替他兄弟们帮忙多；若是我们，那里知他有谋围怡（颐）和园（按指包围和软禁住在颐和园里的慈禧太后）？好不冤枉！"
>
> 谭治中听了各人之语，不觉大笑起来。杨文锐问道；"先生笑什么？"谭治中道："你们何苦埋怨！因你们都是功名心热，欲依靠安某升官的。求富得祸，都是不识人而又妄想之过，今日还怨则甚！此如你们设身做小弟，又将奈何？小弟屡劝他休对袁侍郎说，那安思惠诳为应允，致有此误。看来那安思惠被袁某所陷，小弟实被安某所陷了。小弟不像你们要求官作使，只被他一派谎言赚了来。今日如此，只自悔不识人罢了！古人说，临难无苟免，怨亦何用？"说着，大家都叹息。

这个环节正好与原武领导起义失败后，众英雄的态度相对照。同样被捕，陆道中等大义凛然地与官府斗智斗勇，最后慷慨就义。而安广惠等本是政治投机分子，想通过变法靠安思惠谋一官半职，并非出于忧国忧民的崇高目的。因此失败时互相埋怨，后悔怕死，丑态百出。只有谭治中正气凛然，令人肃然起敬。同样作为领袖人物，原武本已逃出险地，却不畏生死重回险地，一心要救出危难中的同志。安思惠则"只顾自己性命紧要，至于同党中人陷在京里，也不计了"，只管自己逃命，不管同党的死活，难怪牢中的林子谷等人对他痛加指责。这段狱中对话的情节意味深长。

安思惠迫害异己分子

维新派中的重要人物王文韶也逃出虎口，且也来到日本，与安思惠等重逢，岂非冤家路窄！因为：

> 安思惠当日因自己在京时，一切真情，已统被王文韶知得，自己正待把衣带密诏的事欺人，最怕的是王文韶泄漏自己情事，安得不惧？便令梁子绍等着实防范王文韶，不要使他会客，凡书信往来都要留梁子绍先行看过；就是邮寄家书，非得梁子绍或孟伯华看过允肯，也不能发付；又派一名侍役，名为服侍王文韶，实则看管。故王文韶自到日本，也不曾出过门口一步，也不曾见过一客，好像困在牢狱中一般。

后来老实的王文韶看出安思惠的险恶用心，才在日本友人的帮助下，离开安思惠及其党徒的控制，用笔墨将安思惠变政的真情实迹，从头到尾实述出来。可惜以下第二十一回已佚失，而描写安思惠变政经过的内容也已佚失，我们无法读到王文韶"实述出来"的有关安思惠"变政的真情实迹"了。但通过以上软禁王文韶的环节，读者已能清楚看到安思惠的人品极坏，他擅长骗术，对友人和同党都缺乏起码的诚信，以奸猾的态度处世待人，与他合作的人都难免要吃他的苦头。

以上6段特别的环节，描写生动，刻画细腻，再现了历史风云和社会场景，让读者看到一个多世纪前的真实中国，实属难得。这样的描写，显示了黄世仲熟悉当时的政治与民间环境，了解革命党、保皇党和清政府官僚三派人物的心理，所以信笔写来，举重若轻，自然真实；更显示了他对革命党的巨大热情，对保皇党的极端痛恨，对清政府的极其鄙视，和相当深厚的写作功力。

第五章 《党人碑》人物塑造

为了成功地借小说宣扬革命，黄世仲在革命小说《党人碑》里，展现了高超的文学才华及艺术构思。上章已论及其小说在情节结构方面的成就，倘对照史实，更见明晰。关于第一次广州起义，据《国民革命战史》载：

> 民国前十七年（光绪二十一年，公元1895年）二月二十日孙中山于香港召集杨衢云、郑士良、黄咏商、陈少白、陆皓东、谢缵泰、尤烈等举行干部会议，议决反清起义之计划，拟纠集香港会党三千人，一举袭取广州，以为革命根据地。旗帜则议决采用陆皓东所创制之青天白日旗。计划既定，杨衢云、黄咏商、邓荫南等并在香港担任后方接应。中山先生则亲率郑士良、陆皓东、陈少白，及欧美技师赴广州，设农学会为起事机关……中山先生往来于粤港之间，借医术为联络，广州士绅多列名为农学会发起人。……孙先生自主持农学会机关外，另在咸虾栏组织另一机关，由陆皓东常驻。

广州城内双门底现已改名永汉路。王家巷王氏书舍，表面以研究农学掩人耳目，故又称农学会为云冈别墅。

> 为策安全计，乃选定于重阳日举事。盖以粤有重阳扫墓之俗，四乡大族子孙，多有千数百人远道结伙，来省扫祖坟者。此日聚各地会党人于城中，可不招致府署之疑。
>
> 九月初，中山先生在港召集同志开会时，除议决前述事项外，并以事前必公推总统一人为起事之司令，当时与会人员一致推举中山先生为总统，以便发号施令。中山先生拟率同志先至广州筹措一切，暂不返港，乃准备将在港之所有之财政、军事等全责，交由杨衢云处理，而杨则因胆识不足，亦不愿前赴广州涉险，故而同意。会后约定杨衢云于九月八日，由其率领三点会（三合会）会员三千人，乘河南轮进省，准备用木桶装载短枪，伪充士敏土，

瞒报海关，俟初九日抵广州时，以刀斧劈开取用，以便向各重要衙署进攻；同时以预伏于水上及附城各处之会党，分路响应；更由陈清率领炸弹队，在各要区施放炸弹，用壮声势，并藉以保卫革命机关。计议妥当后，中山先生遂将银行存折及港所有军械，悉数移交杨衢云，希望杨于初九日准时来广州，当可举事。事隔一日，因杨之要求，中山先生将总统名义让于杨衢云。又一日，中山先生赴广州，二三日后，在港党会人员亦纷纷赴省，着手起义准备，留杨衢云于香港主持一切。

初九，除香港一路外，其余各路人员，均已集中粤垣。初九黎明，军队、民团、会党各首领，均已集中总机关，讨取命令口号，准备开始大举进攻，惟香港一路始终未到，正诧异间，中山先生持杨衢云来电谓港部须改迟二日，方能出发，众大惊愕。中山先生当即与众同志共议，陈少白以为期届而事不能举，事必外泄，而二日后港部能否即来，尚未可知，冒昧发动，恐遭失败，不如暂将各部遣回，俟再调度发动。中山先生认以为然，乃安整各部，并电阻杨衢云港部勿来。

杨衢云虽接到中山先生之来电阻止，然以军械七箱，已装泰安轮运省，若起回又恐败露，乃使朱贵全、丘泗等于初十晚带数百人附泰安轮入粤。由于时日之延误，竟为清廷驻港侦探韦宝山事先侦悉，电报督署，谭督大为震惊。适值此际，会党私运短枪六百余支，甫抵广州港口，即为海关发现搜扣，谭督急调驻长洲之营勇一千五百人回省，加强防务；并令省河缉捕统带李家焯率领所部至码头预伏，先登岸之丘泗、朱贵全等四十余人被捕去，后登岸诸人将符号毁弃逸去。谭钟麟派李家焯率千总邓惠良至革命机关王家祠、咸虾栏等处，大肆搜查，当即捕去陆皓东、程耀臣、程怀、刘次、梁果等五人，并搜去旗帜、军器、军衣、铁斧等物；更令营盘督勇四出兜拿党人，并准就地戮杀。广州起义之第一次革命遂遭失败。

时粤督谭钟麟，以事体严重，特令南海、番禺两县令严刑审讯所拘捕之党人，惟被捕党人均视死如归，慷慨不屈，九月二十一日，陆皓东、丘泗、朱贵全等就义于广州，镇涛舰管带程奎光，亦死于狱中。

从以上史实可知，孙中山领导的第一次革命，全因杨衢云的胆怯和延误而失败。黄世仲在小说中，将起义失败的责任归咎于杨文（即杨衢云），但也写出会党成员因预先安排亲属脱险而泄密，又具体描绘他们在船上暴露身份的经过，将气氛渲染得十分紧张，把起义失败的过程表现得惊心动魄。

黄世仲描写事败的细节与史实有些出入，但他所做的艺术虚构仍有很强的真实感。由此可见黄世仲在构思情节、组织故事方面，有相当深厚的艺术功底。

前章已就小说的情节结构作过论述，本章则对《党人碑》的人物塑造进行分析和评论。

5.1　瑕瑜互见

小说《党人碑》着力描写的革命党人主要是原武、杨文和陆道中三人，保皇党人主要是安思惠和梁子绍二人。其中原武和安思惠是全书的主角，杨文、陆道中和梁子绍则是重要的配角。革命党人中的重要人物，主角原武和重要配角杨文、陆道中，分别代表了革命党人的三种类型。

原武为人谦让，"革命党"在他的提议下成立后，他立即推选杨文当会长。但他只了解杨文的表面，不了解他的本质，结果在杨文占据革命党的高位后，落个成事不足、败事有余的结局，造成第一次起义的未战即败。这同时表现了原武的书生性格，在政治手腕上不够熟练。他本人理应当仁不让地担任领袖，承担起领导革命的神圣职责，不能让野心家或无德无能者篡权，更不能将领导权拱手让给未经考验、缺乏实际能力的人。

原武本人既有推翻清朝统治、建立民主国家的远大志向，又有善于发动和领导惊天动地的大事业的卓越能力，具有领袖人物应有的气概和素质，在发动和领导起义的过程中，他也确实起了领袖的决策和调度的作用，实际上已是革命党的真正领袖。原武自己当领袖，并不是个人地位的谦让或名声的高低问题，而是革命事业的需要，是时代历史的选择，原武未能有此认识，也是他政治上不够圆熟的一个表现。

从上引史实可知，孙中山并无这个缺点。兴中会在港成立之初，杨衢云坚欲得总统之位，党内有谢缵泰等拥戴之，孙中山不欲因此引起党内纠纷，为顾全大局、礼让为国，因而让杨衢云顺利当上了领袖。黄世仲避开这个事实，也许是为了维护孙中山的形象，不愿读者看到孙中山当时在党内地位尚未巩固。更何况小说发表的当时，孙中山在党内的处境确实不佳，若写出这个历史事实，对当时的革命事业和孙中山本人都有不利的影响。可能就是出于这样的考虑，黄世仲做了上述改动和文学虚构。

陆道中本是富户，他为推翻清朝而毁家纾难，被捕后坚贞不屈，与清廷官员斗智斗勇，毅然贡献出自己宝贵的生命，是个了不起的英雄人物。

杨文是仅次于原武的革命党重要人物。小说介绍他：

> 这时他（指原武）同志中，为头一位唤做杨文，别号卿云，约三十来岁年纪，生得五短身材，两笔清须。早先读过英文多年，久识得外国政治沿革的道理，身经游历各国，默察各处风土人情。尝慨然道："机器制造，是当今最紧要的去处。"所以他读过英文之后，又习过机器制造多年；又从游江西一位武师，寓居香港的，唤做刘秉祥，学习拳棒，因此江湖上十八般武艺，件件精通。

革命党在成立后，即由原武推荐杨文为会长。杨文推辞，原武还说："若论才学，老兄久有经炼，且胸襟阔大，不论上、中、下三流社会，老兄皆能和衷共济。况诸人之中，年纪以老兄为长，请勿多辞！"可见杨文是在很偶然的情况下当上了革命党的会长，并非在经过重大考验之后，水到渠成地成为领袖；革命党人选择了杨文，实际上却对他并不了解。

杨文初到南非时，向华侨发表演说：

兄弟是一个粗人。今日到贵埠，得与列位同胞相会，已十分荣幸。又蒙各位不弃，雅意周旋，复请兄弟到来演说。兄弟自问无才无学，但蒙诸君雅意，又敢不应命。诸君试想，本身是什么人？祖宗又是什么人？皆同是黄帝的嫡派子孙，想诸君尽知道了。

自我们先祖战胜蚩尤，开辟中国，披荆斩棘，留这一片土地与子孙居住；偏是子孙不能保守，使异族占据了已几百年。前时如吴三桂、洪承畴，开门揖盗，腼颜事仇；自是相沿，做官的只有个升官发财的念头，做民的又没有国家种族的思想，整整历过千磨万劫，没有轮回。前时曾有救国英雄出世；不多时，又被一班戕同媚异的出来，好端端把江山复给他人，使同胞仍受异族的专制，岂不可恨？

诸君试想，凡为国民的，应有平等权利。如欧美文明各大国，那些国民，皆有选举权，参与政事权，看来就是本国人做皇帝，也不该受专制的；故俄罗斯国民，天天要对待专制君主，争自己的权利，何况所受的是异族专制么！譬如父兄遗下一间商店，被人夺去了，尽该追回。没奈我同胞没思想，只知说不论谁人做皇帝，都如此纳粮，就把国家思想抛到爪哇国去了。昔顾亭林先生有言："天下兴亡，匹夫有责。"故人人有国家思想，其国必强；人人没国家思想，其国必亡。但我同胞，大半贪生怕死，缩手缩脚，怎地干得事出来？

杨文的优点是能说会道，口若悬河，言词煽情，善于鼓动宣传。身在国外的华侨一般都十分思念和热爱自己的祖国，对于腐败的清政府亦相当憎恨。

> 诸君想听过西哲说的："自由幸福，以流血购之。"又道："不得自由，毋宁死。"故纵然一死，也脱出奴圈，好为子孙种下善果。彼法国拿破仑、美国华盛顿、英国克伦威尔，至今人人称他大英雄，轰传千古，都是从不怕死得来。诸君试想，人人可做拿破仑、华盛顿的，人人有勉为豪杰之心，哪事干不来？故兄弟与同志中人，首倡大义，亦以宁为国民而死、不为奴隶而生，事不论成败，只勉力做去；一年做不来，就期诸十年百年；本身做不来，就期诸而子而孙；此头可断，此志不改。
>
> 诸君又试想，人人倒要死的，总要死得光明磊落，就好了。以诸君或离国多年，也忘了同胞在祖国的苦；连年屡战屡败，割尽膏腴，抽尽脂膏，专制号令，抗者立死。倘不争回权利，不知同胞受苦要到几时。近来有些稍为开通的人，亦知国家种族的思想是不可少的，然多以兹事体大，难干的来，是畏难的了；不知若非难事，前人早已做去，何待今日？总要勉任其难，勿生畏难之心。若人人知道这个道理，又哪事干不来？万望同胞诸君勉之！

杨文讲的爱国道理堂堂正正，辞令锋利，对于汉人受清政府蹂躏的悲诉，具有很强的煽动力。华侨们听了，拍掌之声雷霆一般，都道"说得好！说得是！"有相当强的宣传效果。

杨文如果担任革命党的文宣部长或许是很称职的，但他不会干实事，思维不够严密，作为革命党的领袖，缺乏胆识和谋略，显得相当失败。上节已论及他在起义过程中的种种失误，竟没有一个环节是有所作为的。

后来在东京，保皇党人梁子绍试图谋权，阴谋被众人识破，受到强烈抵制。可是临到杨文出面调解，他竟让梁子绍当上学堂的主事，拱手让出办学的大权，实在显得非常无能。

在革命党中，不乏杨文这样的人物，此类人物华而不实，又贪图私利。杨文即如此，他虽然办事不力，但却很想弄权，试图通过参与革命的活动，经手钱财，追求享受。黄世仲揭示他的这个弱点，并真实写出了他的心态与动机：

> 时杨文尚在南非洲，看见这等新闻（按指虚传原武得到巨资，又要发动起义），就当是真的，向埠中人传说，一来好夸张自己同党，二来他自称自己是个会长的，更对埠上人说，谓此番必要回去办事。他这样说来，谁个不信？杨文心上更自忖道："若真有如此巨款，不可不回去。从前公款，也由自己管理，这回定然依旧是自己管理。看来，自己真不可失此机会！"因此上，更对人说日间要回中国。
>
> 又忖："必运（动）三两个人同回，行费方能丰足！"这时埠中人既敬服杨文，哪个不信他说话？就有两位热心的，愿跟随杨文回去做事。这两人，一名张彬，一名陈来，力请杨文携带。在杨文是个聪明人，料未尝不疑这等新闻是假，但借此运动回国亦好。既怀了这个念头，哪知此事若虚，自己若带人回去，必累人不浅。杨文此时，更不多顾，便慨然道："你们有此热心做事，很好很好！小弟既为会长，凡事都由小弟主持。你们若跟随回去，尽派你们独当一面，或派军中谋士，皆由小弟调动。但小弟到埠后，行囊已空，总费你们一点。待回去后，几百万由小弟发付，尽令你们过得去！"张彬、陈来大喜，立即把店中生理（意），转顶与他人，各挈了三二千银子回去。……

这可说是杨文处世的典型风格，华而不实，好大喜功。

杨文即收拾行李，与张彬、陈来二人，辞过埠中同志，离了杜省，即起程望香港而回。因为陈来、张彬二人有了赀斧回来，在船上自然俱坐头等位。

（回到香港后杨文）始知所传有富商助款几百万，将次起义的事，统通是虚。此时，在杨文一人犹自可，究竟怎样发付张彬、陈来二人？若明说出来，以累他们既委弃了生理（意），空耗程费，必然动怒。杨文遂心生一计，向张彬等道："原武向在日本，弟总要往日本一行，方能定夺，恐目下不能遽行起事。你们可暂回乡里，待到办事时，即请你们出来便是。"张彬听了，料得几分此事是虚，回想委弃了事业而同回，白走一场，实是不值；但到此时，已无可如何，只得默然不语。杨文自知对他们不住，即托故前往日本而去。

杨文对自己的同志和追随者很不真诚，不仅缺乏领袖风度，也缺乏为人的基本道义。人无诚信不立，更何况是干革命大事业，所以像杨文这样的人，往往成事不足，败事有余，革命事业常常耽误在他们的手中。对此类人，革命党需要高度警惕。但小说中的革命党人起初尚未意识到这一点，黄世仲写出这个历史事实，是发人深省的。

对杨文的以上种种错失，原武于事后觉察，并予以严厉批评。当杨文到日本横滨后，原武与他相见，即指出他的种种错误，又开导他说：

我们宗旨，是要中国将来做个民主国。故会中执事，必用选举，且办事尽求实心，兄弟尽求平等。当初在港澳谋事时，财政是由老兄管理，乃财政一到手里，便争做个会长，毕竟做会长是有什么好处呢？谁做会长，有何紧要！不过以小小事，便生觊觎，设将来天佑汉族，克成大功，到选举总统时，推老兄要做会长之心，岂不是人人要做总统么？

又严厉批评：

老兄是个首同倡议的人，尚且如此！弟以为老兄经几番贻误事机，此后当幡然改悔，以赎前罪；乃今日从南非洲回来，仍赚了有志之人把生意变（卖）了，利（用）其赀斧回国。试想，我们方要实心任事，亲尝艰苦，行费实可奢可俭。老兄却令人失了生理（意），只求于自己有益，不顾他人失业。不特于本党名誉有关，更令有志之人，见老兄是个会长，尚这般胡涂，岂不令人灰心么？

不过，原武在严厉批评之后，竟然

右手擎住那根六门短火的枪子立起来，再说道："小弟方才所说，盟兄当是忠告也好，当是冲撞也好，只没一句是冤枉老兄的。虽既往不咎，惟像老兄所为，实冷淡许多人心，贻误许多公事，与吾党规矩，实饶你不得。但老兄此后若能痛改前非，除却私心、力谋公事，弟又何求？若仍不肯痛改，则老兄是首同倡议之人，且这般不中用，于吾党及祖国复有何望？这样实无以对同胞，虚生不如早死。故先备下此枪，先代吾党击死老兄，然后自戕，以谢祖国。此后改与不改，请立决一言！"杨文听了原武这一番说话，称自己从前件件是错、原武所言句句是血，义侠感人；杨文不觉下泪道："某知罪矣！老兄若代吾党以讨吾罪，某亦何怨？但得原谅前非，此后自然誓心痛改，即肝脑涂地，以报国民、以谢吾党，亦所不惜！"说罢大哭。

原武念起同志之情，又忆起败事以来未有机会去办事，触景生情，亦为大哭；惟见杨文自能认过，不免怒中生爱，便拭泪说道："惟越有本领人，越能认过。老兄如此，亦是难得。方今民智渐开，不患无机会办事，望老兄此后勉之！"说罢，把手枪收回裤袋里，杨文亦拭泪称谢。原武复说道："今日所言，实为冲撞，但弟亦不得已耳！弟断不宣泄于人，兄勿芥蒂可也！"杨文道："现今得足下汪（海）涵，那有芥蒂？"说罢，一齐出了房子，相好如初。

原武对杨文的种种不是，皆直言相劝，这是他待人诚恳、对革命事业和革命同志负责的表现。可是他用手枪"逼供"，绝非成熟政治家所为。

5.2 虚构与真实

黄世仲在构思这部革命小说时，将历史人物作了相当巧妙的转换。首先在主要人物人名的转换方面，煞费苦心，也颇具匠心。具体来说，用了以下三种方法。

一是近音法。如陆皓东改为"陆道中"；如谭嗣同取名"谭治中"；再如梁启超改为"梁子绍"等。

二是替代法。如安思惠的人物原型是康有为，"康"有"安康"的意思，就取"安"代替"康"。"有为"本义是"有所作为"或"奋发有为"，黄世仲认为，康有为这样努力地"有为"，是为了个人的名利，与其名字用词的本义并不符合，所以为小说中这个人物起名，反其意而取为"安思惠"。

三是取义法。如孙中山，书中称"原武"，即他是革命党领袖中第一个坚持以革命方式推翻腐败清廷，创建民主国家的伟大人物。

以上的取名方法，使作者在塑造这些人物时，有了较大的发挥空间，同时又能使读者一看便能猜出书中人物的原型是谁，从而起到褒贬的现实作用，以打击保皇派和赞扬革命党，为反清事业所用。

其次，将历史人物的原型转变为小说人物，另有深意。

下面集中分析重要配角杨文、陆道中和梁子绍三个人物形象。

杨衢云

杨文（杨衢云）

杨文在现实中的原型是杨衢云。冯自由在《杨衢云事略》中说：

> 兴中会最初发起人为孙总理，人皆知之，而其第一任会长则为杨衢云。杨名飞鸿，原名合吉，字肇春，又号衢云，福建漳州府海澄县三都乡人。少在香港船厂学习机械，因失慎断右手中三指，乃改习英文。毕业后任香港湾仔国家书院教员，旋充招商局书记，及新沙宣洋行副经理等职。其为人仁厚和蔼，任侠好义，尤富于国家思想。尝习拳勇，见国人之受外人欺凌者，辄抱不平。初与谢缵泰等创设辅仁文社于香港，以开通民智为务。

> 乙未春孙总理自檀岛还，衢云与之志同道合，遂加入兴中会，设总机关于士丹顿街十三号，时为乙未正月二十七日。未几孙、杨共商起义进行工作，总理任广州军事运动，衢云则驻香港，任募集死士及筹划饷糈。是年秋时机渐成熟，众议选举会长为建国时合众政府大总统之预备。衢云素有大志，坚欲得总统，谢缵泰等复拥戴之，总理不欲因此惹起党内纠纷，表示谦退，衢云由是当选。

史实是杨衢云自己要当会长，又有别人的拥戴。黄世仲在小说中则改写成原武主动地推举杨文为会长。这就更进一步强化了原武的开阔胸襟，淡化了党内人物对杨文的拥护。

> 及重阳发难之役既败，衢云乃漫游越南、新嘉（加）坡、印度、南非洲各埠，所至皆设兴中分会，以南非尊尼士堡、及彼得马尼士堡二处为成绩最

优。丙申（清光绪二十二年）十月间总理从欧洲至日本，乃东归访之。

总理自乙未失败，颇咎杨当日措置失当之非，及闻衢云抵横滨，乃约至山下町修竹寄庐相见。是处为同志温炳臣、梁麒生等所设之俱乐部，总理、少白常假之作会客所。时总理对杨责难备至，衢云俯首无辞，遂相好如初。自是衢云遂挈眷移居横滨，以教授英文为生活。

己亥（清光绪二十五）年，湘人毕永年，与哥老会龙头李云彪、杨鸿钧、辜天佑诸人有联合全国各秘密会党，奉总理为首领之议。衢云于是辞退兴中会会长职，并荐总理自代。未几兴中、三合、哥老三会代表在香港开会，同举总理为总会长。及己亥岁杪，总理谋在广州、惠州，继续发难，衢云亦自告奋勇，归香港大肆活动。

庚子八月，惠州革命军起义于三洲田，连战俱捷，清吏震恐，南海县裴景福乃派属员植槐轩偕旧日党人陈廷威到港，诇衢云，提出和议三事：一、招降党人各首领，以道府副将任用。二、准带军队五千人。三、给遣散费若干万。衢云以有机可乘，乃以函电告总理，谓此乃吾党莫大良机。如接纳清吏所求，此后有所凭借，大可为李世民之续等语。

时总理驻台湾，复电拒绝此议。无何革命军败退，将领多匿居香港，吏乃集矢于衢云，侦知衢云设帐于结志街五十二号二楼，教授英文，乃于是年十一月二十日暗买凶徒陈林刺杀之于教授室。

先是粤督德寿尝出示悬赏三万金购杨首级，同志多劝衢云出洋暂避。衢云慨然曰："男儿死则死矣，何避为。吾宁授徒以养妻子，不忍虚靡公款，俾立一好模范为同人先"云云。卒罹于难。诸同志葬其遗体于香港公共坟场第六千三百四十八号，遗一子二女，总理在横滨闻之，异常哀恸，乃于十二月初七日召集同志开会追悼于永乐楼，并募集捐款千余元，以恤其遗族。

事实上，杨衢云亦是位顾家爱国的英雄烈士，只是黄世仲这样的写法，在小说中维护了原武的伟大形象，否则的话，可能在黄世仲看来，有党人拥护杨文当领袖，竟然没有人站出来拥护原武，无疑有损于原武的形象。可是这样一来，作者在小说中前后出现了矛盾，关于这段描写，颜廷亮在《首部通篇碑赞孙中山的晚清长篇小说——黄世仲〈党人碑〉略论》中批评说：

情节和细节的前后矛盾，最典型的一例，是关于杨文（杨衢云）出任香港兴中会会长一事的描写和叙述：小说第七回中写原武（孙中山）等议及广州起义失败之由时，陈虞（陈少白）曾说：香港兴中会成立时，本定原武（孙中山）作会长；只因杨文（杨衢云）以掌握财政而有谋会长之心，为大局起见，原武（孙中山）便把会长一席让给杨文（杨衢云）。

小说第十二回写原武（孙中山）严厉批评杨文（杨衢云）时，所批评杨文（杨衢云）的错误之一，也是杨文（杨衢云）争做会长一事。然后，在第十三回中写及香港兴中会成立时，却明明白白地说，杨文（杨衢云）之能充任会长，乃是原武极力推举的结果，并无透露半点杨文（杨衢云）争当会长的消息。

这种前后矛盾的写法对塑造原武的形象是很不利的，会使人觉得原武（孙中山）有无端诬人之嫌。然而小说确实是这样写的。其实，客观事实是杨衢云（杨文）确曾争当会长，孙中山（原武）为大局起见确曾让出会长一席。

作家起初大约是为了表现原武（孙中山）并非争权揽要之辈而有意违背客观事实进行写作的。但既不符客观事实，又实际上不利于表现原武（孙中山）性格中顾全大局的一面，所以到后来据实书之；至于起初的不符合客观事实的写法，也许会在出单行本时加以修改。这自然只是推测，未必准确。但无论如何，情节和细节上的这种前后矛盾，毕竟会给作品的艺术性带来一定的损害。

颜文指出《党人碑》前后描写出现漏洞及对人物形象造成损害是正确的，但笔者认为如果没有前后矛盾的弊病的话，描写原武礼让会长一职显得他太书生气，而识人不真也是原武的不足之处。如何塑造国民革命领袖，至今还是一个尚未解决的文艺理论和创作实践的问题，《党人碑》作为描写和歌颂革命领袖孙中山的初创之作，有此不足，不足深怪。

陆道中（陆皓东）

陆道中的人物原型是陆皓东。陆皓东与后来牺牲的史坚如两位烈士（1900 年，孙中山派郑士良在广东惠州三洲田举行起义时，史坚如在广州炸广东巡抚、署理两广总督德寿，被捕殉难），都是孙中山缅怀最深的人物，孙中山尝论两人说：

陆皓东

> 坚如聪明好学，真挚诚恳，与陆皓东相若，其才貌英姿，亦与陆皓东相若，而二人皆能诗能画亦相若。皓东沉勇，坚如果毅，皆命世之英才，惜皆以事败而牺牲，元良沮丧，国士沦亡，诚革命前途之大不幸也。而二人死节之烈，豪气英风，实足为后死者之模范，每一念及，仰止无穷。二公虽死，其精灵之萦绕吾怀者，无日或间也。

孙中山对陆皓东的评价极高。《党人碑》对陆道中的描写，符合历史人物陆皓东的真实面貌。历史上的陆皓东其人，简历如下：

（陆）皓东，民国纪元前四十四年（清同治七年，西历 1868 年）八月十五日辰时生于广东香山县翠亨乡。……父亲晓帆先生，向在上海经商，积产颇丰，可是皓东九岁时，他便死去了！母亲王太夫人，直到民国成立后还活着，年纪很高……皓东是国父的小同乡，两家相距不远，两人年龄又相近（皓东小国父两岁），所以从少便时常玩在一起，而且很快便成为很要好的小朋友。

两人的性情又相似：他和国父一样的聪明，一样的好对世俗表示反抗……民国纪元前十八年（清光绪二十年、西历 1894 年），国父到檀香山去组织兴中会，联络华侨革命，他（皓东）和其他同志仍然在港粤暗中进行……（皓东）父亲死后遗留下的财产颇丰富，他毫不吝啬地提取出来作为运动费……

这与《党人碑》中的故事略有出入。小说中，陆道中是邓文龙推荐给孙中山认识的，"说他广有资材，兼具爱国思想，可为革命提供钱粮"。

这一年七月，因朝鲜事件引起中日战争，在战事进行中，满清陆海军节节溃败，人心惶惶……这种种客观情势，给党人活动以莫大便利。于是香港干部召集会议，议决袭取广州，做革命的根据地。皓东当时特创一种青天白日的旗帜，提请作为起事之用，经会议采纳。他如果现在还活着，看到这面旗子飘扬于全国，他的心里会怎样高兴呢？……

皓东和诸同志既被捕，清吏严刑讯问，使供出同党，藉兴大狱，他宁死不供。叱他使跪，也不为屈。只索取纸笔，慷慨直书说：……今事虽不成，此心甚慰。但一我可杀，而继我而起者不可尽杀。公羊既殁，九世含冤，异人归楚，吾说自验，吾言尽矣，请速行刑！

清吏以其措辞激烈，且不肯供出同党，更施以钉插手足和凿齿的种种毒刑，惨不忍言，死而复苏数次。他仍抗声呵斥说："你们虽以严刑加我，但我肉痛而心不痛，其奈我何？"至二十一日遂和朱贵全、丘泗二人同时就义。南海县令李征庸对其甚表敬重，临刑时，特饬人给他穿上长衫。其余同志被杀被禁的尚有数人。

梁子绍（梁启超）

梁子绍是保皇党内的第二号人物，历史上的梁启超确也如此。在近代史上，康有为与梁启超合称康梁，他们支持光绪变法，史称"康梁变法"。

梁启超

梁启超（1873-1929），字卓如，号任公，别号饮冰室主人。广东新会人。他12岁中秀才，17岁中举，少年得志。1890年他18岁时赴京参加会试，不中，回途中在上海看到上海制造局翻译的一些西书，开始对西方的政治、文化产生浓厚的兴趣。同年秋，经陈千秋的介绍，结识了康有为。康有为此时因布衣上书、力倡变法，名声很大，梁启超对他的大胆举动和独到见解十分钦佩，一见大服，遂执业为弟子，投入康门。他接受了康有为的变法理论和改革主张，成为改良维新派内继康有为之后最重要的人物。康梁发动了著名的"公车上书"，一起积极投入百日维新。在百日维新期间，有关新政的奏折、章程，有不少出于他的手笔。光绪曾召见梁启超，"命进呈所著《变法通义》，大加奖励"，赏六品衔，并负责办理京师大学堂译书局事务。

梁启超出于爱国的动机，参与变法，变法失败后，梁启超在日本的表现也并非如小说中写的这样恶劣，史载：

孙中山与梁启超曾有一度合作之机会，光绪二十三年（民国前十五年，公元 1897 年）中山先生介绍梁启超为日本横滨华侨侨立中西学校（后改名大同学校）教员，惟梁因事未就，后返国，主张维新。次年发生戊戌政变（1898.6.11—1898.9.21），梁启超亡命日本，由日人宫崎、平山二人介绍与中山先生订交，时与中山先生往返日增，渐赞成革命，曾拟合并为一党，但以其师康有为极力阻梗，以致未成。其后梁启超主编之《新民丛报》，遂专言政治革命，而不言种族革命，号为温和派，与兴中会处于敌对之立场。

梁启超与康有为不同，他是一个正直老实的知识分子。从以上史实来看，他一度愿与孙中山合作，并赞成革命，惜因其师康有为的阻挠才中途而废。他虽经中山先生介绍，为华侨学校的教员，却又因事返国而未就。黄世仲在《党人碑》中丑化了梁启超（梁子绍），写他彻底保皇，恳求原武（孙中山）推荐至学校任教员后又阴谋夺权，为保皇党争夺地盘，还把学校搞得乌烟瘴气。实际上当时全无此类事情。

与康有为不同，梁启超做学问比较严谨，是近代著名的学者，有很大的影响，后来成为一代学术大师，晚年还出任清华大学研究院导师，培养了一批出色的人才。梁启超在学术上有颇大的贡献，受到当时和后世的尊敬。他善于宣传，更兼文笔优美，名声很大，在变法运动前后，他的政论文章和文艺作品产生很大的影响。他开创的革命小说，主张作家将小说作为救国和政治宣传的有力工具，对当时提高小说的地位，具有很大的作用，黄世仲的小说理论主张和创作实践，实与梁启超的观点十分相近。

但梁启超在与孙中山合作未成后，继续追随康有为，四处建立保皇组织，特别是他遵从师命到檀香山，以"名为保皇，实则革命"为幌子，积极发展保皇会，将当地许多兴中会会员也引入保皇会中，给孙中山的革命活动造成很大的危害。因此，黄世仲在小说中用丑化的笔调，描写梁启超即梁子绍，从艺术上是允许的，在当时推翻清朝的国民革命实践中，也是有必要的。

本书前已言及，按史实是谭嗣同密请袁世凯支持变法，小说中则改写成是安思惠的行为，以维护谭治中的形象，同时加强对安思惠的批判力量。而另一位维新派的著名人物康广仁（小说中的安广惠）在变法失败后，本也是一位值得尊敬的烈士：

> 康广仁，名有溥，以字行。有为弟。少从兄学。有为上书，请改革，广仁谓："当先变科举，庶人才可出。"其后罢乡、会试，制艺，而岁科试未变，广仁激厉言官，抗疏论之，得旨俞允。于是广仁语有为："今科举既废，宜南归兴学，专教育矣。养成多数有用之才，数年后乃可云改革也。"有为不忍去，及初闻变，广仁复趣有为归，有为走，广仁被逮。在狱言笑自若，临刑犹言曰："中国自强之机，在此矣！"

可见康广仁是一位不计个人名利、热心救国、为国捐躯的爱国志士。黄世仲为了政治宣传的需要，丑化了这个人物。犹如罗贯中的《三国演义》拥刘反曹、丑化曹操一样，这样的艺术手法，古已有之。黄世仲是拥孙反康的，为宣传革命推翻清政府而丑化维新派诸人，确也是当时国民革命的需要。

《党人碑》擅用对比法描写人物，深化人物的心灵。首先，以原武为首的革命党与以安思惠为首的保皇党，用对比法描写革命党轰轰烈烈的国民革命和保皇党凄凄惨惨的维新运动，两党人物在政治舞台上的表现真是一目了然。

书中人物，以原武和安思惠相对比；在革命党内，以原武和杨文相对照；在维新派内，以谭治中和安广惠为对应。原武洞察清政府腐败无能已无可救药，他立志推翻这个腐朽的政权，求得中华民族的振兴与国家的富强发展。而安思惠对清政府深抱幻想，依靠软弱无能的光绪皇帝，试图经过变法，挽救清王朝的寿命。

而原武立党为公，为了同志的脱险，不顾自己的安危，办事则沉着镇静，杨文却胆怯退缩，处事冒失，造成起义失败。谭治中出于忧国忧民的目的，投身于维新运动，失败后视死如归；安广惠等人追名逐利，试图通过维新变法，谋得一官半职，事败又后悔莫及，贪生怕死。

就这样，《党人碑》通过特别的情节结构，塑造了各个真实生动的人物形象。另外，一般作品都有故事高潮，并通过高潮完成整个人物形象的塑构工程。可惜本书散佚严重，尤其是小说的后半部分均已散佚，《党人碑》成了"断尾蜻蜓"，最后的高潮已不可见。

第六章 《党人碑》补阙

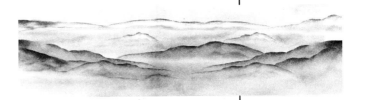

6.1 关于孙中山首次起义

或许因为黄世仲对史实了解不够全面，而且写得比较仓促，也或许小说散佚太多之故，在《党人碑》现存版本中，有些重要结构突然中断，有些精彩环节的描写仍然不够详尽。为使读者能对《党人碑》的主题——孙中山的反清革命有更全面的认识，本章特就《党人碑》涉及的历史事件，以笔者能接触到的文献资料，增补相关内容，冀能以全面目，谨供读者参考。

《革命文献》第六十七辑《十次起义史料》叙孙中山指挥乙未广州起义之具体方略和当时广州敌我形势甚详，有几段史实情节具体生动，兹介绍如下：

孙中山首次起义的布置

初，孙先生之谋克复广州也，其计划以发难之人贵精不贵多，人多则倚赖而莫敢先，且易泄漏，事败多由于此。当太平天国时，刘丽用以七人取上海，今广州防兵之众，城垣之大，虽不可以上海同日而语，然以只有敢死者百人，奋勇首义，则事便可济。盖是时广州之重要衙署不外将军、都统、总督、巡抚、水提等六七处，虽为军事机关，第承平日久，兵驻左右，有名无实，绝不防备，只有衙役数人把守而已。孙先生拟以五人为一队，佩足长短枪械及炸弹，进攻一署，直入署后官眷之房，将其长官或诛或执，如是全城已无发号施令之人。尚恐有城外兵队闻变入援，则择最重要之街道，如双门底、惠爱街二处，伏于店铺两旁以宝垒掩护，伺其来突发枪掷弹击之，援兵不知虚实，突遭迎头痛击，必不敢前。犹虑其由横街小巷经过，则预先将此等道路轰炸，则两旁铺屋倾塌。粤垣街道阔仅数尺，铺砌白石，投以炸弹即易爆炸。砖瓦堆塞，援兵必不能过，担任握守重要街道之敢死队须二三十人便足，西门归德门二处城楼则以二三十人占领，以延城外响应者入，围攻旗界又以一二十人，与进攻衙署任务已完之队分头放火为号，且壮声势，如此则大事成矣。

由此可见，孙中山思虑缜密，布局周详。

孙先生以此计划与同志商，多以为人少力薄，偶有蹉跎，同归于尽，冒险太甚，赞成者只行三数人，孙先生以同意者少，乃将内起外应之计改为分道攻城之策焉。计定分头前往民团、会党接洽，其慕义而起者有顺德一路，香山一路，北江一路，届时会齐于羊城。然人数既众，驻地难觅可虑者一；埋城之后，其有以举事告知亲友戒备者，则倾全城偏知，消息既漏，事败随之，可虑者二；且城市骤增数千新面之人，令人惊骇，当时虽未有警察之设，然防营亦有缉捕之权，倘被其先行发手，则事全败，可虑者三。孙先生计虑及此，另在香港招募不谙广州语言及情形之潮人三千，来省保护各街道，定期初八晚分乘各夜船入粤，兵力既厚，益以义愤，理无不克。至于军械，除各路自携赴战外，另在香港购买长短枪支混作货物，先行附寄广州双门底圣教书楼，转交各处，又在河南洲头嘴组织一制造炸弹处，制成不少。由美国化学师奇列所制革命军旗，则照陆皓东所拟青天白日旗制成多面。发难时以红带为标识，口号定为"除暴安民"，至咸虾栏一机关则专为接洽各部及贮藏军械之所。布置既定，乃派刘裕统率北江一路，陈锦胜统率顺德一路，李杞侯艾泉统率香山一路，麦某（佚其名）统率龙眼洞一路，杨衢云统率香港一路，吴子才则担任潮汕方面响应，以牵制岭东清兵。初九早，香港各夜船黎明抵步，其队伍纷纷上陆，并将所附军械七箱取出，响号一声与北江、顺德、香山各路向东南西三方进城，龙眼洞一部向北门入城，晨早各城门既启，各部冲锋直进，如入无人之境，自无难事。各城门非得上峰令不得擅闭，是时又无电话，各衙署仓促无由知变。纵或街坊闻变，将街闸关闭，然已预备洋斧炸弹劈炸，亦不足阻。

首次起义失败的原因：

朱淇号菉荪者，本清诸生，后慕义加入兴中会，颇为努力，乃得参与机要。其兄湘，号毓生，清举人，主持西关清平局事，岁入以万计。自初九日举义不成，朱湘恐为其弟淇株连，乃迫弟淇将党中秘密说出，使局勇代为自首于省河缉捕统带李家焯，不特可以保全功名富贵，且可将功赎罪。先是香港总督以吴子才等运动队伍入粤起事，微有所闻，而议政局议员韦宝山，将所闻电知粤督谭钟麟，谭以电文未指明何人所为，无从办理，李家焯亦得诸道路所传孙文起事，禀知谭钟麟，谭以孙文为教会中人，无举义凭据，着李家焯不可鲁莽从事，故李家焯于初九日只派人监视孙先迨得朱淇将党中秘密自首，遂再禀报……

此段事实取自十次起义史料，若黄世仲恰当地运用真实的故事，写成高潮迭起的情节，定能扣人心弦。

有关孙中山的史实

《党人碑》原文中，有些没有的故事情节，而在史料的记载中有关的，笔者认为黄世仲可能为了顾及孙中山的伟人形象，或收集的资料不够全面，更或者是缺失而不俱全，笔者尽量收集补阙，例如在《十次起义史料》中提及乙未举事，遭清吏破获后，并悬红缉捕，其文于下：

钦命广东提刑按察使兼管全省驿传事务加三级记录一次张为悬赏购匪事：照得土匪纠结伙党，暗运军火，约期在省城举事一案，当经拿获匪犯陆皓东等多名审办。惟尚有首要各匪孙文等，在逃未获，亟宜悬赏缉拿，合行出示晓谕。为此示谕各属平民人等知悉：尔等如能拿获开赏格之各匪解案，一经讯明定夺，即如数给与花红银两，银封存库，犯到即给赏，勿怀疑观望。至此外被诱匪徒，准其改过自新，免予深究。如能拿获后开首要各犯解案，仍一律给赏，各宜禀遵勿违，特示。

南、番两县告示：

现有党匪，名曰孙文。结有匪党，曰杨衢云。起义谋叛，扰乱省城。分遣党羽，到处诱人。

借名招勇，煽惑愚民。每人每月，十块洋钱。乡愚贪利，应募纷纷。数日之前，听得风声。

严密查访，派拨防营。果获匪犯，朱丘陆程。经众指证，供出反情。红带为记，口号分明。

枪械旗帜，搜出为凭。谋反叛逆，律有明刑。甘心从贼，厥罪维均。严拿重办，决不从轻。

城厢内外，兵勇如林。搜捕乱党，决不饶人。惟彼乡愚，想充勇丁。不知祸害，贪利忘身。

一时迷惑，慨予施恩。丢去红带，急早逃奔。回归乡里，安分偷生。免遭擒获，身首两分。

特此告示，剀切简明。去逆效顺，其各凛遵。

此次举义，大吏恐清廷处分，匿而不报。粤京官入奏清廷，十月十六廷谕将首犯迅速捕拿，粤督谭钟麟惧，乃饰辞奏于下：

> 奏为覆陈九月间广州拿获土匪情形奏折仰祈圣鉴事：窃臣准军机大臣字寄："光绪二十一年十月十六日上奉上谕'有人奏广东盗风日炽，请饬严缉一折。据称九月间香港保安轮船抵省，附有土匪四百余名，潜谋不轨，经千总邓惠良等探悉前往截捕，仅获四十余人，讯据供称为首孙文、杨衢云，共约有四五万人潜来省城，克期起事。现在孙杨首逆远扬，党类尚多，窃恐酿成巨患等语。着严密访查，务将首犯迅速捕拿，以期消患未萌等因，钦此'遵旨寄信前来。"臣查粤俗好谣……〔摘录自邹鲁著《中国国民党史稿（第三篇）》〕

若能将朝廷的告示写入《党人碑》中，更能让读者感受到孙中山等人身处当时环境是如何的险峻。

起义失败后，孙中山（原武）临危不惧的坚强性格，史书记载甚详。日人宫崎滔天（即宫崎寅藏）转述郑弼臣回忆他亲历和目睹的当时情景说：

> （清廷侦悉起义情报，逮捕陆皓东，消息传到后）知道此事的一个同志，马上跑出去。我也认为刻不容缓，因此拉着孙先生的袖子，怂恿他赶快一起逃，但孙先生却处之泰然，不慌不忙，脸色一点也没有变，烧着同志们的名簿和文件，命令部下埋炸弹等等，当然我不能留孙先生一个人先逃，所以边发抖边帮忙处理善后，随即又催孙先生逃，可是孙先生却泰然地说："帮我找

苦力的衣服来……"虽然讨厌但又不得不服从，遂找工人的衣服来给他。

于是孙先生和我都换成了苦力的衣服。此时孙先生才说"走罢"！说罢，遂站起来走在前头出门，我跟着他后面。这时，孙先生不但不避人，而且故意走人多的地方，这样走到人群嘈杂的码头，在那里搭上往澳门开的船，然后在澳门换乘开往香港的船，经由香港，来到日本。他这种处于生死之境而泰然的胆量，是我万万所不及的。

又有史料记载孙中山此后的脱险经过说：

事既失败，李家焯派人到香港澳门各轮船码头严密搜查，伺先生落船时拘捕。时铁路未设，三水江门又未通商，无轮船往港，只广州有船开往香港澳门而已，严密守此，孙先生何能远遁……孙文学说第八章"有志竟成"云：三日尚在城内系误记，竟乘常备小轮，由广州经顺德而至香山之唐家湾。惜行时船夫以不谙水道有难色，孙先生曰："去！吾助汝。"盖孙先生平日对于粤省地理河道深浅留心研究，自信航线无误也。

以上史书的记载，详实而可靠，且具体生动，倘若引入小说，极能吸引读者。黄世仲当年如能了解这些情节，必会将其纳入书中。

孙中山在危急关头沉着镇静，平时又能深谋远虑，且心细如发，所以竟能为船夫指路，安然脱险，使同伴钦佩不已。细微处见精神，危难时见风范。孙中山作为领袖的威信，从中可见。

有关杨衢云的史实

有关杨衢云争夺领导地位一事，史书多有记载：

先是党人以广州布置停妥，应举定一总统，当时未有总统名词，只称伯理玺天德，以总领一切，发号施令。乃于八月廿二日，一说九月初，举行会议，讨论此事，届时检议此次一切运动成自孙先生一人之手，总统重位，匪伊异人，当自然属诸先生身上，当场一致通过。遂向孙先生握手道贺。孙先生既获选，拟即往广州行事，不再到香港，将香港方面之军械、财政、军队尽交杨衢云负责办理。

不意杨衢云既握有此权，逾日对孙先生说："在广州既负此军事重责，又兼任总统，未免太劳，不如将总统的地位让我，俟大局平定再行交回。"孙先生忽闻杨言，知事情中变，乃与郑士良、陈少白密商，士良听毕大怒，以此等人怀私害公，非去之不可，本人自任对付以绝后患。少白谓："革命未成，先生内讧，最为危险，吾人在省发难，事成则大权在我，再行推举总统亦无问题，如失败则无论何人做总统并无关系。"

孙先生以少白之说为然。是晚重开会议，把名义上总统让与衢云。翌日，即返广州办理一切。衢云胆汁极少，既以要挟得总统名义，乃在港先编一小队，名为总统卫队。是时定章凡领队之人，除先发饷项外，另给以时表一枚，藉知时刻。手枪一支，以资护卫。衢云对于卫队各人与领队同一待遇，各人领得手枪后在僻静之铜锣湾一带，将其试验，领队所领有良有窳，而卫队所领，则尽精良。领队各人以衢云立心太偏，要求更换，否则初八晚不带同兵士落船上省。讵届时衢云不能将枪改换，故各领队竟不允行。

然是时孙先生在广州不知此中情形，所调各路队伍已如期到齐，集中候命，海陆军亦预备响应，专候香港一路到来，即行举事。初九天尚未明，军队首领、民团首领、会党首领抖擞精神到总机关讨取命令口号，注意港船入口，讵抵埗时，毫无影子，各路大为诧异，未几孙先生匆匆至，将杨衢云发来电文谓港部须改迟二日方能出发，与众人商量，少白谓期届而事不能举，风声必泄漏，况迟二日，港部未知能否到来，改期发动，一定失败，不如暂将各部解散，俟机而起。孙先生以为然，遂将款项分给各部打发回去，一面电知衢云，止港部勿上，以待后命。由是经年筹划，尽付洪涛。

此节后有两条说明："党史会库藏毛笔原稿"，"是役史实均据孙中山所谈，及当日亲预其事诸同志所述，编成，复经陈少白先生审核"。当属可靠。

有关陆皓东的史实

陆皓东在狱中的供词有完整的记录。史载，陆皓东被捕提讯时，直认革命不讳，虽受多次重刑拷打，更施以钉插手足和凿齿的种种毒刑，惨不忍言，死而复苏数次。但他受如此酷刑亦坚不供出同党，只索纸笔，写出供词说：

> 吾姓陆名中桂，号皓东，香山翠亨乡人，年二十九岁。向居外处，今始返粤。与同乡孙文同愤异族政府之腐败专制，官吏之贪污庸懦，外人之阴谋窥伺，凭吊中原，荆棒满目，每一念及，真不知啼泪之何从也。居沪多年，碌碌无所就，乃由沪返粤，恰遇孙君客寓过访，远别故人，风雨连床，畅谈竟夕，吾方以外患之日迫，欲治其标，孙则主满仇之必报，思治其本，连日辩驳，宗旨遂定，此为孙君与吾倡行排满之始。盖务求惊醒黄魂，光复汉族。
>
> 无奈贪官污吏，劣绅腐儒，厚颜鲜耻，甘心事仇，不日本朝深仁厚泽，即日我辈践土食毛；讵知满清以建州杂种，入主中国，夺我土地，杀我祖宗，据我子女玉帛，试思谁食谁之毛？谁践谁之土？扬州十日，嘉定三屠，与夫两王入粤，残杀我汉人之历史尤多，闻而知之，而谓此为恩泽乎？要知今日非废灭满清，决不足以光复汉族，非诛除汉奸，又不足以废灭满清。故吾等尤欲诛一二狗官，以为我汉人当头一棒，今事虽不成，此心甚慰。但我可杀，而继我而起者不可尽杀，公羊既殁，九世含冤，异人归楚，吾说自验，吾言尽矣，请速行刑。

这段供词，义正词严，气壮山河，感人至深，铿锵的言辞中洋溢着革命烈士坚贞不屈的精神和爱国情操，如译成白话，引入小说中，亦极见精彩。

6.2　关于戊戌变法

《党人碑》中，关于戊戌变法的描写残佚很多，尤其是变法失败后，情节曲折紧张，小说都已缺失，令人遗憾。今据史书，介绍几段关键情节，以供参考。

慈禧政变和戊戌变法的失败

郭廷以在《近代中国史纲》上册中说：

> 慈禧面对光绪和维新派的进逼，成竹在胸，部署分明，待机而动。她将翁同龢开缺，任命荣禄为直隶总督，即是有力反击。军机处实际归刚毅领导，总署仍由庆亲王奕劻主持，大权抓在亲信手里，接近维新派的张荫桓遭受参劾。8月24日，上谕宣布慈禧、光绪定于10月19日往天津阅兵。盛传届时将行废立。旧派承慈禧之意，与荣禄密商。新派日夜忧惧，但缺乏武力。于是便有谭嗣同求助袁世凯之举。
>
> 袁世凯自朝鲜回来，李鸿章派他会办辽东前敌粮台。战后他向督班军务处提出练兵计划，1895年12月得到李鸿章、荣禄的支持，奉命督练天津小站的新军。第二年为人所参，赖荣禄之力，方获无事，显有知遇之恩。袁世凯同时又经常奔走于翁同龢之门，具有脚踏两头船的狡猾。
>
> 百日维新行将开始之时，已升任直隶按察使的袁世凯与翁同龢深谈时局，慷慨自誓，俨然以爱国志士自居。康有为见此，以为他参加过强学会，又颇

知外事，于是派人和他联结，袁则表示对康极为钦佩，与荣禄则有不满之词。康皆心以为直，说光绪召袁来京，收备不测。

袁世凯本无实力可与慈禧预先安排的军事力量抗衡，且他又是个势利小人，政治的投机分子；康有为和谭嗣同等人，请他出力支持摇摇欲坠的变法，无疑是与虎谋皮，被他反咬一口，终致加速自己的失败。

光绪于八月初一（9月16日）召见袁世凯，擢授侍郎，专办练兵。初二日（9月17日），二次召见，命与荣禄各办各事，暗示他可不受荣禄节制。初三日（9月18日），康有为与林旭、谭嗣同、梁启超等共商，决定劝袁世凯举行政变。

是晚谭嗣同访袁，说以诛荣禄、围颐和园（此时慈禧在颐和园）、保护皇上，以袁为直隶都督。袁答应光绪来天津阅兵时，即先于军中杀荣禄，他还信誓旦旦地表示："诛荣禄如杀一狗耳。"谭满意而去。初五日（20日）上午，光绪第三次召见袁世凯，下午伊藤博文觐见，光绪谓中、日同在一洲，最为接近，当同心合力，亲密国交，并问以对中国改革的意见。伊藤答称，日本天皇意亦相同，愿与各大臣相商。均为慈禧在帘内听见。

新党政变未及举行，旧党已断然行动。八月初三日（9月18日）御使杨崇伊请太后训政。初四日（19日），慈禧自颐和园还宫，受荣禄节制的董福祥军入京，聂士成军向天津集中。袁世凯于八月初五日（9月20日）下午返抵天津，即向荣禄略述内情，并说皇上圣孝，实无他意，但有群小结党煽惑，谋危宗社，罪实在下。当晚荣禄定必将消息密告慈禧。第二天即慈禧政变之日，袁又对荣禄详述内情。

因袁世凯的告密，初六日（21日），慈禧突然从颐和园提前回宫，宣布训政，幽禁光绪，捉拿新党，她的政变成功。

康有为原以为只要获得皇帝的信任，又皇帝独断，即可畅行其志。他虽也知光绪并无真正权力，但总以为光绪毕竟是一国之主，慈禧或不致毫无忌惮，错误估计形势。又轻信袁世凯的花言巧语，中了阴谋家的诡计，终于惨败。

当时京津一带驻军不下数万人，而袁世凯的兵力不过数千，寡不敌众。北京、天津皆为荣禄掌握，不仅袁部难以开往北京，纵使于天津阅兵时采取行动，亦无慑服他的胜算。何况慈禧的威严犹在，中枢及地方要津尽为旧党所据，毫无权力的光绪和只会书生议国的康有为辈，根本不是对手。袁世凯为自身利害，不仅不听从新党之计，冒此无谓之大险，更亟欲向对方邀功。

政变成功后，慈禧最要抓获的康有为，却因李提摩太和上海的英国领事极力相助，南走香港。梁启超、王照得日本公使林权助及伊藤之助，东渡日本。谭嗣同等六人被捕后牺牲。

从以上记载可知，慈禧虽然思想保守，却是一个老练的政治人物；光绪和康有为等人，既不能准确估量形势，又缺乏谋略，更没有识人的目光，竟去依靠袁世凯，故遭惨败。

康有为逃亡日本的经过

关于康有为在戊戌政变失败后逃到日本的经过，据当时天津领事馆翻译井原真澄的回忆：

……翌日，北京公使馆来电报要我们"查报康有为的消息"。于是我问前述那些朋友得知，康有为有准备到上海去设立官报馆，人在天津。政变当天，北洋大学总办王修植送康有为到塘沽，乘英轮重庆号往上海出发，中国鱼雷艇飞鹰号正在追踪中。我再追问真相，结果是荣禄告诉王修植，康有为的居所，并要其逮捕康，惟因王修植与康有为师生关系，王遂密告康荣禄之命令，并亲自送康到塘沽，等康离开以后才报告荣禄，康已经逃出天津，于焉有飞鹰号的追踪。但飞鹰号没追到，康到吴淞海面后，便换乘英国军舰，逃往香港。

宫崎滔天叙述康有为此后的经历道：

康有为逃到香港的当时，就已经决心到日本。这似乎是由于清帝给他的密诏，对日本认为有同种、同文、同忧之缘，日本是新进国家，具有维新经验，以及康的许多门徒在日本等等的因素所导致。……于是于 10 月 18 日，他才向英国市政厅透露将先到日本，然后经过美国而至英国，英国市政厅实时表示赞同，并决定搭乘隔天（19 日）下午 4 时启程的日本邮船会社的河内丸前往日本。

对于康有为的乘船，日本邮船会社香港支店长三原繁吉帮了很大的忙，则其他所有的中国人都没同意其搭船，外国籍客人，其身份不太明确者，也都一律不许其乘坐，以策万全。是日下午四时正，河内丸便开始拔锚，黑烟滚滚，准备出发。四时三十分，英国的警察和宪兵保卫康有为，由英国码头坐汽艇挂着三井的旗子，另外一只插着日本邮船小旗，各带两三个穿中国服的人，先后往港口开走。在山影下默默等着的河内丸，似在偷偷等着爱人，看来叫人称心。

宫崎滔天看上去虽是一个满脸络腮胡、粗线条的汉子，但他的文笔，却很细腻而多情。

三条汽艇分别到达了河内丸，该坐的都坐了，应下的也下了。这时已经下午六时半，太阳渐入西山，阴历四月底的月亮，似依依不舍地由幸福珠宝山端露出其目面，幽雅极了。世上虽然没有对月哭泣的多情汉，但此晚月亮确能令人万感交集，几几落泪。此行因于社会有所顾忌，所以对于在香港的朋友、同志，尤其对于承其帮忙诸多的某某，我都没有去辞行，因此至今仍感不安。我们一行，以康有为为首，随员四人，男仆二人，日本人是我和天地庵，一共九人。我们握手互祝顺利上船，而上甲板一看，船已出港头，香港之山，广东之地，只目见灯火时明时灭。这晚，我们以啤酒祝贺前程。

在船里，事务长以下各位，极尽招待之能事，因而五天五夜的航海，一点也不觉得无聊。船于二十四日半夜十二时，安抵神户港外和田岬，并抛锚此地。特地由东京赶来迎接的食客某人，该夜冒雨来河内丸，领我们登陆到某处，等待天明，即搭乘凌晨六时的快车到东京。康有为到神户后换上西装，因此新闻记者们便无法判断谁是康有为，有的甚至以身穿中国服的我是康有为，时后大家哄堂大笑。到达东京后，遂至曲町平和町的三桥旅馆，惟因进进出出者太多，所以四五天前，康有为和随员便搬到牛入区的租屋。

至于宫崎去天津营救康有为亡命日本，有说是孙中山指意，也有人说是犬养毅派宫崎去的。笔者认为犬养毅派宫崎之说较为可信。

梁启超逃亡日本的经过

关于梁启超在戊戌变法失败后逃亡日本的经过，情节惊险，当时经手的日本人士，回忆甚详。据当时的日本驻华代理公使林权助回忆：

戊戌政变失败后，梁启超于光绪二十四年（1898年）八月六日下午二时左右，面色苍白、狼狈不堪地跑到日本公使馆，求见代理公使林权助，说西太后逮捕了革新分子谭嗣同等六人，康有为可能被砍头，光绪皇帝已被幽禁。梁启超说他的生命无所谓，但恳求林权助设法帮忙营救皇帝和保护康有为。林权助当场答应，还对他说："你也不必死，请随时来，我会保护你。"梁启超流泪仓皇而去。

到了晚上，在公使馆门前，人声嘈杂中，梁启超跑进公使馆，林权助将其领至一室，报告伊藤。伊藤说："你做了件好事，让他逃到日本好了。到了日本以后由我来帮他。"

没多久，警卫来报告说，公使馆门前形势险恶，林权助决定令梁启超赶紧离开。此时天津领事馆的郑领事刚好在这里，因而遂令郑领事陪梁启超换上打猎的衣服，赶往天津火车站，惟顾虑被认出并密告、追踪，由之他俩便搭帆船，半夜下白河抵达塘沽，在那里被收容于日本兵舰。林权助事先曾由北京发一通电报给日本军舰说："有两个穿这样那样的衣服的人要去，请予收容，并请带到日本。"途中曾受到清军鱼雷艇的追踪并要求搜查，历经艰险。

另据当时天津领事馆翻译井原真澄的回忆：

……翌日，在北京的郑领事却来电说，他今天将乘晚上到达天津的火车回来，要我和藤田主事前去迎接。以前没有过这种事，我边觉得奇怪，边去车站，发现郑领事除德丸翻译官外，还带了一个穿西装，用手帕遮着鼻子的男士，和中国的仆人。我问郑领事那个人是谁，但他只要我警戒前后，没回答。因此我警戒一行的前后回到领事馆，此时才知道穿西装的这个人是梁启超。郑领事说，政变当日，梁启超逃到日本公使馆，然后化装到天津。我们把梁启超藏在领事馆楼上，一切绝对守密，梁的事完全由北京带来的仆人代办，隔天郑领事和德丸翻译官又回到北京。

可是跟我要好的这些少壮革新分子却天天来找我偷偷说，梁启超行方不明，要我设法救他。我心里虽然觉得很滑稽，但又不能告诉他们梁启超在楼上，只对他们的痛心表示同情，并告诉他们，我将尽全力救他。因此自始至终，他们一直不知道梁启超潜伏在领事馆里。过几天，郑领事从北京回来，他带来了吴永昌和高尾亨，并以要去打猎为借口，雇用了一条民船，带着梁启超及其仆人，下白河去了。

日本使馆，搭救维新党领袖，似属仗义，亦是别有用心，同时也给清廷当局一沉重打击。

这是为着要令其换乘停靠在塘沽的邮轮长门丸亡命日本的。我以乘长门丸很危险，而建议改搭抛锚在该地的警备军舰赤城（舰长玉利亲贤中校），在日本军舰的保护下，见机由塘沽亡命日本为安全，惟因郑领事对海军没好感，而还是决定令其搭长门丸。

梁启超动身当天，我因疟疾发烧躺在床上，大约中午左右，天津海关道台朱某来访，我要传达者告诉他，领事不在，我卧病中，不能见面，但朱道台却说有紧急事，请能见他，我猜想可能是有关梁启超的事，一见面他就说："得到今天早晨，有一个中国革新分子坐民船与日本人下了白河的情报后，总督衙门派出警卫队的汽艇在追踪中，请贵领事馆命令那位日本人，令该犯人在适当的地点登陆。在白河两岸我们都配有士兵，在任何地点我们都可以逮捕他。"

由此段回忆所述可见，井原真澄是一位冷静、镇定、沉着的日本官员。

我觉得此事重大，但却若无其事地答复他："让我先来查查有没有你所说的日本人。"令朱道台回去后，我马上告诉藤田主事，郑领事一行正被追踪，或许在途中已被中国汽艇扣留，要他到赤城军舰去请其营救，如果无恙地在下白河，则请转告朱道台来访的始末，请能将梁启超交给赤城军舰。而如我所意料，郑领事一行所搭的民船，被中国汽艇追到，并要求搜查该船船舱，但被拒绝，在两边争执下前往塘沽，到达能看到赤城军舰的地点，向其摇帽子以作信号，赤城军舰遂派满载兵士的小艇。中国汽艇看情势不对，遂离开民船，于是梁启超便换乘赤城军舰。又，关于这件事，北京公使曾经通知了赤城军舰舰长，因此梁启超才得免于难。

事后我对郑领事说，如果使此事件不了了之，我们等于默认日本领事馆救援了中国的罪犯，也默认中国方面对具有治外法权的领事的傲慢态度，对日本领事的威信有所影响。为使将来不会再发生这种事情，我建议对朱道台提出严重抗议：中国汽艇明明知道日本领事乘那条船，而竟非法地在白河中游予以扣留，并欲搜查船舱，日方不能容忍此种不恭行为，因而要求其负责人谢罪，如果不答应，将由北京公使馆抗议总理衙门。结果朱道台令警卫队长前来道歉，此事遂告一段落。

日本外交官盛气凌人，无视中国政府的主权，既揭露了清政府的腐败无能，也暴露了列强欺凌中国的凶恶嘴脸。如日本军舰在华横行，不准中国官兵搜查疑犯，事后还强令中方道歉，真是岂有此理。

而梁启超与郑领事一道离开领事馆，乘民船下白河事之所以泄露，乃因为日本领事馆的中国佣人被收买，而密告清国当局所致，因此日本领事馆便将所有中国雇员，全部解雇，由之领事馆馆员不得不自己做饭、打扫一段时间。但密告者既不知道潜伏在领事馆者是谁，当时，道台等也不晓得这个人是梁启超。

井原真澄的回忆所述，不仅情节具体详实，更且写出当时的人物、情景栩栩如生，是绝妙的小说材料，读来引人入胜。康、梁得救，固然令人愉快（黄世仲痛恨以康、梁为首的保皇派则另作别论）。

黄世仲对康、梁不抱同情态度。在《党人碑》第十九回中，安思惠（康有为）从日本回香港时，梁子绍送别之后，猛想起："原武在澳门时曾与他来往；即他到日本后，自己师弟在京，亦曾与他通信；且龚祺（宫崎寅藏）到天津搭救安思惠，亦闻是原武遣发的。"在下一回中又提及："恰那时龚祺（宫崎）寅藏君亦在坐，听了木堂的话，又说起在天津救安思惠的事来，更咬牙切齿。"

笔者介绍这些史料，对当代读者颇为有用，对黄世仲的研究者则更有参考价值。他日，如补写《党人碑》的佚失部分，在人物安排上，当然应与原作的描写相互一致，再而必须对以上史实作适当的改动，以配合黄世仲创作《党人碑》的初衷。

作为文艺作品，前已言及，黄世仲丑化康梁的做法，是被允许的；在保皇党危害革命的当时，甚至也可以说是必要的。

6.3　孙中山伦敦蒙难

1896 年 9 月，清廷驻美公使杨儒（？ -1902）已将孙文所乘船名及登陆港口，电告驻英公使龚照瑗。因此清廷驻英使馆官员必知其事，在心理上当已有所准备（罗家伦《中山先生伦敦蒙难史料考订》引总理各国事务衙门文件及驻英中国使馆存档）。

清光绪二十年八月十七日（1896 年 9 月 23 日星期三），孙中山由纽约乘轮船麦竭斯的号（S.S.Majeastic）赴英，9 月 30 日抵达利物浦王子码头上岸，旋即到密德兰车站（Midland Railway Station）乘火车，10 月 1 日星期四始抵伦敦，投宿于斯屈朗（Strand 伦敦路名）的赫胥旅店（Haxells Hotel）。为保密的缘故，曾易姓名为"陈文"。清驻英使馆已于八月十九日夜（1896 年 9 月 25 日夜）获

中国驻英国大使馆（作者廖书兰摄影）

杨儒密报即派司赖特侦探社跟踪其行止。

　　翌日（10月2日）孙中山至波德兰（Portland Place Street 伦敦路名）覃文省街（Devonshire）46号康德黎君之寓所相访，康君夫妇并为孙中山觅得较近之葛兰旅店（Grays Inn Place）。10月3日孙中山迁入位于霍尔庞（Holborn）区的葛兰旅店。10月10日孙中山行经使署之门，偶遇清公使馆官员邓廷铿，询系香山同乡，海外相逢，倍感亲切，互道姓名时，孙中山自谓"陈载之"。惟无意中掏出金表，以观时刻，对方索阅，发现表上镌有英文 Sun 字，立即怀疑其乃清廷奖赏通缉的"孙文"，遂坚邀翌日茶叙，孙欣诺。10月11日孙果然来，旋被诱拘于公使馆内。

　　有谓孙中山于1896年10月11日在伦敦被囚于中国驻英公使馆期间之化名，实乃先生亲撰"伦敦被难记"之五"师友营救"部分，略云：

　　　　自星期五（即10月16日）后，英仆柯尔始为我效力奔走，力求脱我于难。

柯尔之妻尤为尽力，彼于星期六（即 10 月 17 日）密告康德黎君之书，即柯尔之妻（按：使馆女佣管家妇霍维太太 Mrs.Howe 乃新充使馆男仆柯尔君（Mr. Cole）之先进，而非其妻）所寄。康德黎君接书，已在是日夜间十一点钟，书曰："君有友自前星期日来，被禁于中国使馆中，使馆即拟将其递解回华，处以死刑。君友遭此，情实可怜，如不急起营救，必将罹难。某虽不敢自具真名，然所言均属实情。君友之名，某知其为林行仙'Lin Yin Sen'。"

补记 1

2007 年笔者远赴英国大英博物馆和驻英大使馆收集与本书相关资料，经爱国华侨郑健文介绍认识大使馆江参赞，经江参赞推荐馆内官员孙景，他热心带我参观"孙中山蒙难室"，并转来同事龚建忠补述的一篇《孙中山伦敦蒙难记》，现录出于下，以见赠读者诸君：

1895 年广州起义失败后，孙中山先生被清朝政府悬赏通缉。1896 年 9 月 30 日，孙中山由纽约乘船抵利物浦后换乘火车来到伦敦。10 月 11 日（星期日）上午，孙中山准备去探望他在香港西医学院的老师康德黎医生（Dr James Cantlie），并准备与康德黎（住德文郡街 46 号）一起去教堂作礼拜。上午十时半左右，当孙中山从寓所走到德文郡街（Devonshire Street）时，早已在此监视、等候的清公使馆官员邓廷铿故意上前与孙中山认同乡。他们边谈边走拐到了波特兰大街，迎面又"巧遇"一个同乡，邓廷铿热情地请孙中山和这个"同乡"到邓家"饮茶"。孙中山见都是同乡，推辞不下，只好跟着邓同行。来到 49 号时，大门突然打开，孙中山即被挟入公使馆，并被关押在三层的一间窗上装有铁栏的小房间里。清公使馆诱捕了孙中山，如获至宝，派人严密看守。公使龚照瑗为了向清政府邀功请赏，与参赞马格里（英国人 Sir

Halliday McCartney）合谋，不惜花七千英镑，向英国格来轮船公司租用了一艘两千吨的轮船，并请人特制了一只大木笼，打算将孙中山秘密运送回国内。

铁窗内的孙中山，与世隔绝。他多次写纸条，包上一个硬币或揉成一个纸团扔向窗外的魏玛斯街（Weymouth Street），希望行人能够捡起，送交给康德黎。然而这些纸条大多都被扫进了垃圾箱。据说，有个名叫艾雷内厄斯·韦尔斯的英国人捡到过其中的一张。但此翁不以为然，一直到他在报纸上看到孙中山获释的消息后才恍然大悟，原来这里关着一位大人物。孙中山经过反复努力，最后打通了在公使馆工作的英籍工人柯尔（George Cole）和使馆女管家霍维夫人（Mrs Howe），取得了他俩的同情。17日，他请求霍维夫人秘函康德黎，通知他孙已被囚禁。18日，孙又请柯尔向康德黎投送求援名片。（另一种说法称，柯尔的妻子听了柯讲述孙中山的革命经历和被清公使馆诱捕

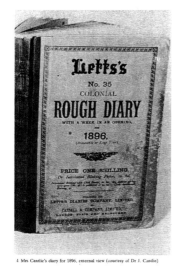

4 Mrs Cantlie's diary for 1896, external view (courtesy of Dr J. Cantlie)

康德黎太太日记封面
（大英国家图书馆提供）①

5 A page from Mrs Cantlie's diary showing her entry for Saturday, 17 October 1896 (courtesy of Dr J. Cantlie)

康德黎太太日记内容页
（大英国家图书馆提供）②

---

①②　承蒙大英博物馆借出并授权仅供《黄花岗外》作者廖书兰使用，未经作者同意不得擅自转载或复制。

康德黎医生

事件，十分感动和同情。她给康德黎写了一封未署名的短信，介绍了孙中山的不幸遭遇并呼吁康尽快设法营救。在妻子的劝说下，柯尔于18日向康德黎传递了孙中山的求援名片。）康德黎先后收到霍维夫人的未具名函和柯尔转交的呼救名片后，即遂与孙中山的另一位好友——孟生（Dr.Manson）奔走营救。他们多次到伦敦警方和英国外交部要求英政府进行干涉，并且还亲自到公使馆要求放人，均无结果。但在康德黎和孟生的再三要求下，英警方同意派警员与康、孟雇佣的私家侦探一起监视清公使馆，以防孙中山被偷运出公使馆。康德黎随后向《泰晤士报》求救，但该报经请示英国外交部，决定不予刊登孙被拘捕的消息。22日一大早，康德黎和孟生拿着孙中山写的便条到老贝利街向伦敦刑事法院指控中国公使馆违反《人身保护法》，但法官莱特认为该指控理由不充分，未予受理。

然而，这一消息被守候在法院的《地球报》（The Globe）记者听到了。《地球报》在当晚就刊登了孙中山被清公使馆诱捕的消息。伦敦各报记者随即进行采访，次日均报道了这一事件，引起英国各界强烈反应。公众舆论一致同情孙中山，谴责公使馆的卑劣行径，英国朝野也对此极表关注。

强大的社会舆论，迫使英国政府向清公使馆提出交涉。23日，英国首相兼外交大臣索尔兹伯里（Lord Salisbury）向清公使馆发出照会，要求公使馆按国际法和国际惯例立即释放孙中山。下午四时三十分，孙中山终于被释放，走出了囚禁他十二天的斗室。就在孙中山获释的第二天，公使馆收到了北京清政府的

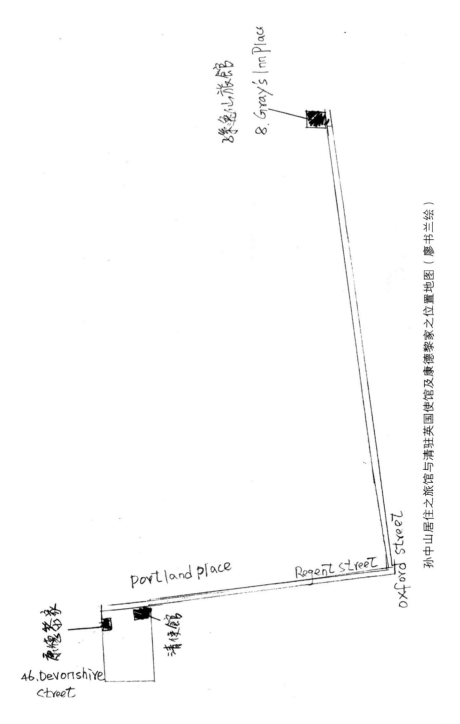

孙中山居住之旅馆与清驻英国使馆及康德黎家之位置地图（廖书兰绘）

康德黎医生家旧址（作者廖书兰摄影）

通知，要求不惜一切代价将孙中山押送回国。

孙中山获释后不久，用英文写成了《伦敦蒙难记》一书，在英国出版，披露了这一事件的真相。伦敦蒙难事件，无论是在孙中山的一生中，还是在反对清政府的革命运动过程中，都产生了重要影响。获释后，孙中山一直在伦敦居留至 1897 年 7 月 2 日，并在大英博物馆研读政治、外交、法律、军事、矿产和经济等书籍。在大英博物馆的数月间，他虽然始终受到清公使馆人员的监视，过着极其清贫的生活，但这里的书籍却使他大开眼界。经过对英国社会的考察和研究，孙中山的思想和政治主张得到进一步完善，他的三民主义的思想也更趋完整和成熟。孙中山先生在他的《孙文学说》里是这样描写的：

伦敦脱险后，则暂留欧洲，以实行考察其政治风俗，并结其朝野贤豪，两年之中，所见所闻，殊多心得。始知徒致国家富强，民权发达如欧洲列强者，犹未能登斯民于极乐之乡也，是以欧洲志士犹有社会革命之运动也。余

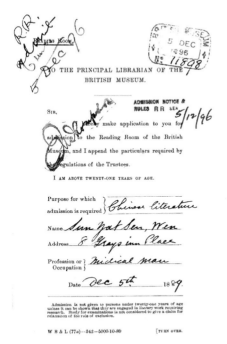

1896年12月5日，孙逸仙第一次申请使用大英博物馆Reading Room（阅览室）之申请单（孙先生亲笔手迹）①

欲为一劳永逸之计，乃采取民生主义以与民族民权问题同时解决，此三民主义之主张所由完成也。

为纪念这一事件，使馆内设立了"孙中山先生蒙难纪念室"，室内陈列有孙中山蒙难纪念铜像、康德黎纪念铜像、胡汉民书孙中山蒙难札、郭泰祺书孙中山伦敦蒙难实。

有关孙中山伦敦蒙难事件，又有另一种版本。有说是孙中山故意走入使

---

① 承蒙大英博物馆首次借出并授权仅供《黄花岗外》作者廖书兰使用，未经作者同意不得擅自转载或复制。

馆，找同乡聊天，期间故意将刻有自己名字的怀表取出，好让身份爆光，以便被清廷驻英大使抓起来，而康德黎在事先就与孙中山讲好，一旦被捕就发布消息，造成舆论压力……关于这一说法，笔者认为亦有其参考价值。

补记2

费正清和刘广京合编《剑桥中国晚清史》则记载：

1896年在伦敦发生了一件奇遇，它足以显示孙中山向外国人求助的本领和他适宜于做惊天动地大事业的品质。孙中山走进了中国驻伦敦公使馆，

A. 58262. Dec. 7. 3. 96.

No. 11898

BRITISH MUSEUM,

5 December 1896

SIX MONTHS.

The Principal Librarian of the British

Museum begs to inform *Mr.*

Sun Yat Sen

that a Reading Ticket will be delivered to

him on presenting this Note to the

Clerk in the Reading-room, within Six

Months from the above date.

N.B.—Persons under twenty-one years of age

are not admissible.

W B & L (x)—69192—5000-4-96

大英博物馆首席馆长签发给孙逸仙的阅览证，由1896年12月5日开始生效，为期6个月（票号：11898）[①]

其原因至今没有完全弄清楚，不过有足够的理由假定，他是经反复权衡才冒此风险的。他被监禁了十二天，已经准备好把他解送回中国，要使他落得个悲惨下场。在危急时刻，两个当过孙中山的老师的英国人来搭救了他，他在众目睽睽之下获释。孙中山马上抓住这个机会，接见如饥似渴的新闻记者，然后写信给英国的主要报纸，对它们以及英国公众和政府感谢。他给新闻界写的信显示了他一生事业的特点，即他相信应诉诸西方人士的纯良秉性，应努力说服西方人士知道他正在

---

① 承蒙大英博物馆首次借出并授权仅供《黄花岗外》作者廖书兰使用，未经作者同意不得擅自转载或复制。

尽力为他的国家做好事，如果那些
好心的西方人士与他易地而处，也
会这样做的。他写道，这整个事件
又一次证明了"盛行于英国的慷慨
的热心为公的精神，证明了它的人
民卓然不群地表现的对正义的热爱
……我现在更加强烈地知道和感到
一个宪政政府和一个文明的民族意
味着甚么，这使我以后要更积极地
为我自己可爱而备受压迫的国家寻
求走上进步、教育和文明的道路"。

孙中山还写了一篇短短的自传
和一本小册子《伦敦被难记》，这本
书是用英文写的，但他后来又不予
承认。它在1912年才用中文发表。

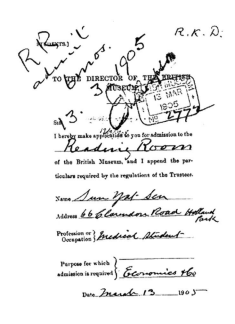

1905年3月13日，孙逸仙再次申请使用
大英博物馆Reading Room（阅览室）之申请
单（孙先生亲笔手迹）①

孙中山对外国公众的重视再也没有比在这次事件中表现得更加清楚了。他几乎立
刻成了国际闻人，尽量利用由此产生的每一点每一滴公开的名声。他不论做甚么，
哪怕是上教堂，也尽可能着眼于影响舆论。他发展了很广泛的个人联系，从俄国
的革命者到英国的传教士，他都有交往。

《党人碑》原文残缺很多，情节不全，今据史实补充，冀能以全面目呈现，
仅供诸君参考。

---

① 承蒙大英博物馆首次借出并授权仅供《黄花岗外》作者廖书兰使用，未经作者同意不得
擅自转载或复制。

TO THE DIRECTOR OF THE BRITISH MUSEUM.

SIR,

From personal knowledge I recommend

Applicant's Name in full and Address to be inserted. Mr. Sun Yat Sen
66 Clarendon Rd Holland Park

as a fit and proper person to be admitted to the

Reading Room

of the British Museum.

I am, Sir,

Your obedient Servant,

Name in full Robert Kennaway Douglas

Address British Museum

Profession or Occupation Keeper

Date March 13 1905

1905年3月13日，Mr.Robert Kennaway Douglas（大英博物馆保管员）所签给孙逸仙申请使用阅览室之推荐书①

---

① 承蒙大英博物馆首次借出并授权仅供《黄花岗外》作者廖书兰使用，未经作者同意不得擅自转载或复制。

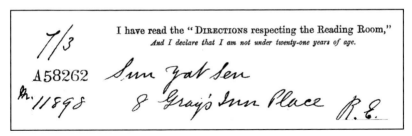

大英博物馆阅览室孙逸仙亲笔签名单①

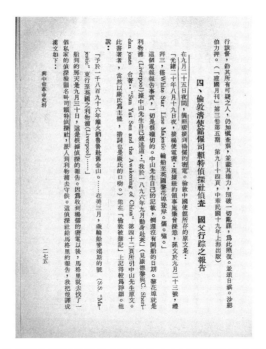

侦探报告孙逸仙每日行踪记录（中国国民党党史馆）

---

① 承蒙大英博物馆首次借出并授权仅供《黄花岗外》作者廖书兰使用，未经作者同意不得擅自转载或复制。

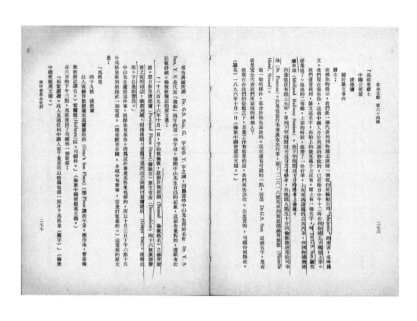

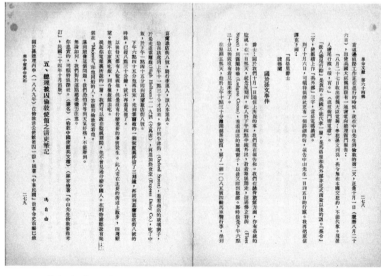

侦探报告孙逸仙每日行踪记录（中国国民党党史馆）

第七章 结语

《党人碑》成功地刻画和赞扬辛亥革命的领袖孙中山，在 20 世纪初中国文学史上具有首创的意义。重要的是，发表这部小说时，孙中山本人与革命情势，都处于艰难状态，作品的发表是对孙中山和反清革命的支持，产生一定的导向作用。可见，这部小说具有深远的历史意义，也具有强烈的现实效应。

本书分析《党人碑》的文学成就，主要是分析其情节结构和人物描写的特点，从作品的角度来看，《党人碑》用的是白描手法，所以没有风景描写、环境描写、细节描写和感情描写等，只有人物与情节。因为作者创作这部作品的主要目的是宣传革命党的政治主张，又因紧扣形势，需以最快的速度在报上连载，因此也只能着力于情节和人物。因此，这样的写法，既是作者的文学风格，也是被连载小说的体裁所制约。这样的作品不仅在当时非常及时，而且在多元化的当今文艺园地中也有其一席地位。

《党人碑》作为一部成功的小说，在写作上颇见特色。情节设计方面，双线结构安排合理。主角原武给读者留下了深刻的印象，他高瞻远瞩，魄力宏伟，爱国忧民，大公无私，身处 19 世纪末国衰民穷、列强欺凌的严峻局势，他将自己的聪明才智献给反清国民革命，矢志救国救民；他胸襟开阔，待人真诚大度，严己宽人；又具有处事冷静镇定，主导大事业的卓特能力。

原武是一位伟大的政治家，善于运筹帷幄政治和军事活动，但在具体细节的组织安排方面，缺乏助手。他需要一个谋略家群体辅助他，可惜没有。他的主要助手办事不机密，算计不精细，纰漏太多、太大，导致他领导的第一次起义刚开始就失败，甚至尚未进行，就已胎死腹中。《党人碑》写出了这个惨痛的历史教训。

历史上的康有为和梁启超是爱国知识分子，他们发动的维新变法在历史上有正面影响。但由于当时复杂形势及黄世仲的认知，他把书中的安思惠和梁子绍描写成丑恶的反面人物，后人理应不会苛求。

在清末国家风雨飘摇之际，民族危急存亡之秋，安思惠和梁子绍为了自己的名利地位，大搞政治投机。安思惠是一个战术家，他精于算计，但他私心重，一切以个人的名利为重心；在战略上则因思路狭窄，绝无像原武那样高瞻远瞩的胸襟和宏大辉煌的目标，在政治上选择了错误的道路，即先是倡导维新改良，但无补大局，因为清朝早已病入膏肓，无可救药；维新变法失败后又保皇，反对革命，逆历史潮流而行，所以尽管他机关算尽，最后只能以失败收场。

《党人碑》描写反面人物，多用讽刺手法，这是出于对保皇派的强烈憎恨。黄世仲不遗余力地丑化保皇派的领袖安思惠和梁子绍。但在使用讽刺手法时亦颇见分寸，例如，尽管他对杨文此人很不满，但杨文毕竟是革命党内的重要人物，所以他并不对杨文采用讽刺手法，只是借由小说中的人物原武对他提出批评，最后让杨文本人做自我反省，还让原武和他和好如初，一起团结对敌。

《党人碑》与《五日风声》之比较

《党人碑》对黄世仲后期的著作《五日风声》有很大的影响，而且两书很有关联。如果说《党人碑》描写孙中山领导的第一次起义即"乙未广州起义"，那么《五日风声》表现的则是孙中山领导的革命党人发动的最后一次起义，且是第三次广州起义即"辛亥广州起义"。孙中山领导的起义，一首一尾都在广州，这虽属巧合，也很有含意。

黄世仲于《五日风声》开首，即强调："论者以巴黎为世界革命之中心点，以广东为中国革命之中心点。""若夫省会，则频年风鹤所及，虽不啻大敌常临，然武器之输入，运动之组织，待时而发，则乙未而后，此其再矣。"作者也明显地将两次广州起义联系起来，即有此意义。

与《党人碑》一样，《五日风声》也是写起义的失败。《五日风声》总结"辛亥广州起义"失败的原因有四：一、旷日持久，二、风声泄漏，三、内部意见不一，四、起义改期。《党人碑》小说描写的起义失败原因也是如此：风声泄漏，内部意见不一，起义改期。

《五日风声》写风声泄漏：

> 及三月中旬而后，风声渐播。南海之西樵一地，更有好事之徒，制为谣言曰"定四月初一日起事于广东，杀尽官吏"云云，书此数语，遍贴乡间。识者皆知为事出无根，不过造谣惑听，而不意后日之适逢其会也。自是人心益为惶惧，凡旅居港澳之商人，其有眷属留居羊垣者，纷纷迁徙。且道路相传曰："革命党人将大举于羊城矣！"……以此互相传说，而革党亦应自知所谋已渐露矣。有侨商某甲者，为革将李世桂之姻亲，于革党将谋举事，闻之已久，即以所闻革党谋举事之说，告之李弁，且更为函以告之省中家人曰："革命党将在羊垣举事矣。其举在何时，虽不可知，然料为不远，顾若辈必无抢掠，可勿多虞。只防其时米价飞涨而已，为多储米石可也。"家人得悉，亦互告其亲戚。彼传此说，而人心之震动，亟图迁徙，亦原于此。

这与黄世仲在《党人碑》中的描写何其相似。

《党人碑》小说描写的起义失败原因也是如此：风声泄漏，内部意见不一，起义改期。起义改期是因为杨文（杨衢云）擅自电告原武（孙中山）他率领的香港部众要推迟两日来广州，结果起义被迫中止。内部意见不一，表现在原武通知他勿再来广州，他依然令港部上船开往广州，终于造成无可挽回的重大损失。

《五日风声》小说中，以胡毅生为首的广府所属的起义人士，不服黄兴的领导，此与杨衢云和孙中山的关系也相似，而杨衢云的领队不服杨的安排；黄兴领导的是次起义在推迟一天后，"次日，胡某（按指胡毅生）复以事多未备，复须改期一天，以求完备。彼同党中多以鼻嗤之，惟其所持甚坚，亦惟有强从其议"。此与《党人碑》中杨文的推迟日期，动因也很相似。与乙未广州起义不同的是，辛亥广州起义时，起义队伍中竟然混进奸细，将起义之事密报当局，成为起义失败的重要原因之一。起义事泄后，领导者自感骑虎难下，一时取消起义策划，一时又恢复起义活动，并在一再推迟日期后，又不顾形势的恶劣，强行举事，终于导致起义的彻底失败。此皆见辛亥广州起义的领导者黄兴，在领导能力和当机决断方面，皆不及乙未广州起义的孙中山，也即《党人碑》中的原武。

黄世仲是辛亥广州起义的策划者和参加者之一，起义失败后他还特意留在广州，观察事态的发展和结局。他作为《五日风声》的作者，亲自投身到革命行列中，将亲身经历的这场轰轰烈烈的革命活动，写成优美感人的文艺作品，弥足珍贵。

如果说黄世仲在写作《党人碑》时，他还是一个纯粹的文人，那么在写作《五日风声》时，他已是一位革命者兼文学家了。反观他在创作《党人碑》时，虽是书生论军，但其所总结的经验教训，却与《五日风声》中表现的相若，可见黄世仲在写作《党人碑》时，观察和思考革命现实问题，有一定的深度。

又，《大马扁》与《党人碑》的故事情节亦十分相似，所不同者，大马扁是以康有为为主角。笔者推测，黄世仲写完了《党人碑》，似嫌对康有为（安思惠）的丑化不够，又因当时的革命环境所需，再创作《大马扁》（亦称《大马骗》，又可解释为大骗子）。

以小说赞扬国民革命领袖，用文艺方式总结革命失败的教训，这是黄世仲对推进中国的现代化和民主化的一个贡献。

《党人碑》由于是在报上连载的，写得比较仓促，近一百年后，于2002年始出单行本，作者黄世仲未有机会予以详细的修订，所以也有一些不足之处。颜廷亮曾指出："小说中显然有体例不一，人名和地名前后不一，情节和细节前后重复乃至矛盾之类不该出现的问题。"

但从总体上来说，《党人碑》是一部具有相当高的艺术水平的文学作品。从中国近代小说史的范畴来观察，作为第一部以孙中山（原武）为主角，并强而有力地叙述第一次"乙未广州起义"的小说，《党人碑》确是一部非常重要的作品，值得我们作深入的研究。

本书抛砖引玉，以期引起学界进一步的重视和研究，不当之处，敬请方家指正。

主要参考书目

（按出版年份顺序）

（一）专书

1. 李剑农著，《中国近百年政治史》，台湾，商务印书馆 1942 年出版。

2.《国父全集》，台湾，"中央文物供应社"，1957 年。

3. 张明园著，《梁启超与清季革命》（他山之石——梁启超与革命党论战的影响），台北，"中央研究院近史所" 1964 年出版。

4. 杜元载主编，《兴中会革命史料》（革命文献六十四集），台北，中国国民党中央委员会党史委员会 1973 年出版。

5. 杜元载主编，《十次起义史料》（革命文献六十七集），台北，中国国民党中央委员会党史委员会 1974 年出版。

6. 朱夏编撰，《美国华侨概史》，纽约，《中国时报》1975 年出版。

7. 郭廷以著，《近代中国史纲》（上册），香港中文大学 1980 年出版。

8. 冯秋雪著，《辛亥前后同盟会在港穗新闻界活动杂忆》，广东文史资料《孙中山与辛亥革命资料专辑》，广东人民出版社 1981 年出版。

9. 周素珊著，《秋风秋雨愁煞人——秋瑾传》，台北，近代中国出版社 1982 年出版。

10. 宫崎滔天著，陈鹏仁译，《论中国革命与先烈》，台北，黎明文化股份有限公司 1983 年出版。

11. 黄雍廉著，《是天民之先觉——陈少白传》，台北，近代中国出版社

1983 年出版。

12. 吴东权著，《革命第一烈士——陆皓东传》，台北，近代中国出版社 1984 出版。

13. 颜廷亮著，《黄世仲生平诸问题小辨》《近代文学史料》，北京，中国社会科学出版社 1985 年出版。

14. 高岱著，《鬼神泣壮烈——徐锡麟传》，台北，近代中国出版社 1986 年出版。

15. 吴东权著，《浩气英风》，台北，近代中国出版社 1986 年出版。

16. 宫崎滔天著，陈鹏仁译，《三十三年之梦》，台北，水牛图书出版事业有限公司 1987 年出版。

17. 蒋纬国总编，《国民革命战史》，台北，黎明文化事业公司 1987 年出版。

18. 秦孝仪主编，《中国现代史辞典》—史事部分—（一），台北，近代中国出版社 1987 年出版。

19. 邓文来著，《侠骨忠魂——郑士良传》，台北，近代中国出版社 1988 年出版。

20. 陈鹏仁著，《国父在日本》（岫卢文库 105），台湾，商务印书馆 1988 年出版。

21. 陈鹏仁著，《中国与日本》（岫卢文库 106），台湾，商务印书馆 1989 年出版。

22. 白寿彝总主编，龚书铎主编，《中国通史》第十一卷（上），上海人民出版社 1990 — 1999 年出版。

23. 白寿彝总主编，龚书铎主编，《中国通史》第十一卷（下），上海人民出版社 1990 — 1999 年出版。

24. 陈锡祺主编，《孙中山年谱长编》，北京，中华书局 1991 年出版。

25.《芳村文史》第三辑，广州市芳村区政协《芳村文史》编委会 1991 年出版。

26.（美）费正清主编,《剑桥中国晚清史》(上),北京,中国社会科学出版社 1996 年出版。

27.（美）费正清主编,《剑桥中国晚清史》(下),北京,中国社会科学出版社 1996 年出版。

28. 史扶邻著,丘权政、符致兴译,陈昌光校,《孙中山:勉为其难的革命家》,北京,中国华侨出版社 1996 年出版。

29. 鞠盛著,《中山颂》,香港新亚洲文化基金会 1997 出版。

30. 张玉法著,《中华民国史稿》,台北,联经出版事业公司 1998 年出版。

31. 方志强编,《小说家黄世仲大传(生平·作品·研究集)》,香港夏菲尔国际出版公司 1999 年出版。

32. 赵明政著,《黄小配》,沈阳,春风文艺出版社 1999 年出版。

33. 关志昌著,《黄世仲传略》《中外小说林·附录》,香港夏菲尔国际出版公司 2000 年出版。

34. 翠亨孙中山故居纪念馆与中山市文化局,《孙中山言粹》,北京,中国大百科出版社 2000 年出版。

35. 张克宏著,《黄世仲、黄伯耀兄弟南洋诗文集》,香港纪念黄世仲基金会 2001 年出版。

36. 关国煊著,《黄世仲(1872-1912)传略》,香港纪念黄世仲基金会 2001 年出版。

37. 刘家泉著,《孙中山与香港》,北京,中央文献出版社 2001 年出版。

38. 刘伟森主编,《中国国民党历程与美国党务百年发展史》(上册),中国国民党驻美国总支部 2004 年出版。

39. 刘伟森主编,《中国国民党历程与美国党务百年发展史》(中册),中国国民党驻美国总支部 2006 年出版。

（二）论文

1. 李明棠著，《黄世仲在香港所作小说之研究》，香港珠海书院图书馆 1972 年出版。

2.《中国近代文学研究》丛刊第一期，广东人民出版社 1983 年出版。

3. 胡志伟著，《作为革命家和宣传家的黄世仲》，《香港笔荟》，1997 年 3 月号出版。

4. 陈福坡主编，《孙中山与华侨学术研讨会论文集》，日本横滨中华会馆 1999 年出版。

5.《黄世仲与辛亥革命国际学术研讨会论文集（第一集）》，香港纪念黄世仲基金会 2001 年出版。

6.《黄世仲与辛亥革命国际学术研讨会论文集（第二集）》，香港纪念黄世仲基金会 2001 年出版。

7. 颜廷亮著，《首部通篇碑赞孙中山的晚清长篇小说——黄世仲〈党人碑〉略论》，《党人碑》打印稿。

8. 广东省中山市孙中山研究会编，《孙中山研究文集》，香港天马出版，2006 年出版。

9. 章长炳主编，《民族英雄孙中山——华诞 140 周年纪念论文集》，中国辛亥革命研究会 2006 年出版。

10. 徐万民主编，《孙中山与同盟会——纪念同盟会成立 100 周年》论文集，北京，中共中央党校出版社 2007 年出版。

后记

中学时每读近代史一册，总是大哭、挥拳、摔书，教科书被摔至墙角破烂了，拾起糊好，再读，开始明白什么叫做"打落牙齿和血吞"！一篇篇屈辱的条约、赔款，鸦片战争、义和团、八国联军、日本侵华……那些国仇家恨激发起我的爱国心。而今天我竟以这样的时代背景完成了这一本书。

学生时代，我参加演讲比赛、诗歌朗诵比赛和作文比赛，主题都是围绕着爱我中华民族的内容。那些革命英烈，碧血横飞，气壮山河的浩气，仍留在我的血脉里，与我一起呼吸着国家民族的氧气，我是这样成长的。

香港，这个我生活了三十多年的城市，正如有人说，"日久他乡即故乡"，我愈来愈爱这个城市，我发现香港的土地与内地比起来，实在微乎其微，小得可怜，但"她"却是中国最有影响力的城市之一。由于历史因由，香港被英国人管治，形成"她"的独特性。

海峡两岸常以情、理、法作为处事准绳，而香港却是以法、理、情为依归。因此，孙中山曾说："我之革命思想，完全得之于香港。""外人能于数十年间在荒岛成此伟绩，中国以四千年之文明，仍不如香港，其故安在？"说起香港，不能不提到广州，这两个城市一衣带水，唇齿相依，在推翻清王朝创建亚洲第一个民主共和国的道路上，广州人和香港人奉献了无数宝贵的生命和财产，当然也有其他省份人士。

辛亥革命是在不可能的土壤里，绽开出革命的花朵。

辛亥革命成功的背后，埋藏了无数无名英雄的英魂，七十二烈士只是一个代名词，那在黄花岗外的无名英灵，同样让我们一代代人敬重。这是本书名为《黄花岗外》之所由。

在我寻找孙中山和辛亥革命的资料过程中，尤其是到了英国，华侨和大使馆里的官员都很热心帮助我，"你的国父也是我的国父"，这成了极为鲜明的对比。对那某一小部分人所谓"国父是外国人"的说法，只是中国悠久历史长河里的一粒小沙子，很快就会被大潮流淹没而消失。

孙中山之所以能凝聚中国人的心，使海内外人士有共识、共通、共鸣，那是因为他所让人尊敬的，不只是他的伟大思想，更有大公无私的心，终身实践"只做大事，不做大官"的理念。他首创"知难行易"学说，鼓励人们勇于面对困境，坚持信念。

在这里，我首先要感谢何沛雄教授，是他以极大的耐心和责任感，一遍遍批阅我的粗糙文稿；我想象得出拙作曾令他耗费多少个月朗风清的夜晚。我也不能忘记台湾的中国近代史研究家陈鹏仁教授，对我的关怀和指导。还有香港黄世仲研究丛书主编胡志伟先生，在百忙之中抽出时间，关心和指点我的写作。受前辈们的鼓励，坚定了我为承继黄氏文学遗产而尽绵薄之力的信心。感谢陈坚先生帮助，使我幸运地得了颜廷亮和赵淑妍两位教授校点的《党人碑》（《黄世仲小说六种》之一）打印稿，和颜廷亮教授的论文《首部通篇碑赞孙中山的晚清长篇小说——黄世仲〈党人碑〉略论》，获益匪浅。这份《党人碑》打印稿是目前收集原作最齐全，并经精校的最佳版本，错字很少，所以 2002 年春拙书即据此份打印稿撰写完成。

《党人碑》已于 2002 年夏季在香港出版单行本。

而今是 2009 年岁末，7 年来承各方文士贤达对本书的鼎力相助、不吝赐正，提供宝贵资料，笔者不胜感激。期间笔者也曾亲往英国和美国搜罗有关孙中山先生史料，不断修正补漏，以期本书能以较完整的史实面貌呈现于世。

完成了这部论著，我松了一口气。望着窗外白云悠悠，搁下笔，不禁感叹：作为今天的中国人，当我们在享有民主的果实时，想一想 20 世纪苦难的中国人付出了多少的鲜血和宝贵生命！我们岂能不珍而视之。

2021 年适逢辛亥革命 110 周年，北京的团结出版社出版拙著《黄花岗外》简体字增订本，蒙江可伯先生资助，不甚感念。

附 录

附录 1　宫崎滔天对于中国革命的贡献

陈鹏仁

孙逸仙毕生从事革命，凡四十年，而自 1895 年秋天广州起义失败，于 11月 12 日抵达神户，初踏日本国土，至 1924 年由广东出发，经由上海而至长崎，于 12 月 2 日动身门司，永诀日本，前后三十年，到日本十五次，居留达大约九年半之久，由此可见孙逸仙亡命海外的时间，大多在日本。孙逸仙之"视日本无异为第二母邦"，理由在此。孙逸仙在日本时间之所以那么长久，我认为：第一，中国与日本一衣带水，消息易通，来往方便；第二，在日本能够购得为革命所绝不可或缺的武器；第三，日本有许多留学生响应和支持革命；第四，不少的日本民间人士赞助孙逸仙；第五，因为革命一再地失败，不得不亡命国外，以图谋东山再起。

由于孙逸仙与日本朝野人士交往的时间长，所以人数相当众多，它包括各界人士，而在这些人当中，动机最纯真、贡献最大者，当首推宫崎滔天。孙逸仙为宫崎著《三十三年之梦》一书所撰写序文的一段，充分说明了孙逸仙对宫崎的评价。孙逸仙说："宫崎寅藏者，今之侠客也。识见高远，抱负不凡，具怀仁慕义之心，发拯危扶倾之志，日忧黄种陵夷，悯支那削弱，数游汉土，以访英贤，欲共建不世之奇勋，襄成东亚之大业，闻吾人有再造支那之谋，创兴共和之举，不远千里，相来订交，期许甚深，勖励极挚。"

宫崎滔天，原名寅藏，户籍上的名字是虎藏（寅藏和虎藏，在日语是同音），1871 年 1 月 23 日，降生于九州岛熊本县荒尾的望族。白浪庵滔天是 1895年左右开始自称的别号。在日本，皆以滔天称之。滔天是 11 个儿女中，年纪最小者。长兄真乡（别名八郎），于 1877 年西南之役时，率乡党援助萨摩军，战死于八代。其他弟兄姊妹大多夭折，除滔天外，得于长寿者只有二姊和两兄而已。《三十三年之梦》中，所谓一兄和二兄便是。

　　滔天的一兄民藏，曾游学美国，深受美国经济学家亨利佐治的影响，关心土地问题，倡平均地权，组织土地复权同志会，并著作《土地均亨人类之大权》一书。根据荒尾史研究专家麦田静雄的说法，民藏之得知亨利佐治的存在，乃由于俄国文学家托尔斯泰的介绍。

　　二兄弥藏是滔天认识孙逸仙的关键人物。　国父在其自传说："少白独留日本，以考察东邦国情，予乃介绍之于日友菅原传，此友为往日在檀所识者。后少白由彼介绍于曾根俊虎，由俊虎而识宫崎弥藏，即宫崎寅藏之兄也。"为着贯彻其联合中国人以消除白人之压迫，伸大义于世界的理想，弥藏化名管仲甫，在横滨中国人商店当掌柜，穿胡服、留辫子、学中国话，与亲友骨肉，完全断

1900年，孙中山与日本友人合影。左起：末永节、内田良平、宫崎滔天、平山周、清森章太郎、孙中山

绝来往；唯因生活过于刻苦，终患肺疾而与世长辞，年仅二十九。

根据近藤秀树编的宫崎滔天年谱，滔天虽然念过小学、中学、大江义塾和东京专门学校（今日之早稻田大学）等等，但却没有毕过业的任何纪录。不过他在大江义塾就读时，由于经营者德富苏峰当时的思想立场，而接触到所谓自由、民权的新天地。不久，他入信基督教，并劝诱一兄、二兄和乃母也成为基督教徒。

滔天之选择中国作为他活动的舞台，乃是受了二兄弥藏的影响。当时的日本情势是，在政府机关里不得志，或者不想在政府机关做事的有志青年，通常都参加自由民权运动；与此同时，一方面由于幕府以来排外思想的余习，另方面因为受到军国帝国主义在西方抬头的影响，以对付白人为目的而所做联合黄种人的种种活动，便很容易获得年轻人的热烈拥护。弥藏的中国观，实渊源于此，而滔天的思想和行动，更是合此两种时代思潮于一身，并欲实行它的一种尝试。

1895 年，滔天承其友人桧前舍次郎之介绍，认识从事移民事业的岩本千纲。岩本因患重病，要滔天代其带领日本移民团体到泰国。滔天以泰国谋生容易，中国人占其人口之大半，可以在彼地习熟中国语言和风俗，作为将来插足中国大陆的基地而答应。但在泰国的移民事业，因为阴差阳错，大家生病，一无所成，几乎是从死里逃生而狼狈地回到日本国土。

1896 年秋季，因为其同乡可儿长一的怂恿，滔天往见了照顾可儿的犬养毅。认识犬养的结果是，翌年他跟可儿长一和平山周，受日本外务省之托，到大陆去调查中国的秘密结社。出发前，他前往小林樟雄家去辞行，在那里偶然遇到曾根俊虎，由曾根介绍而认识陈少白，这似乎是滔天与中国革命党人交往的开端。

滔天与陈少白一见如故。由于陈少白认识滔天的二兄弥藏，因此对滔天的来访觉得更加亲切。但陈少白还是不敢说出真话，只透露孙逸仙是他们的领导人，并示之以 Sun Yat Sen, Kidnapped in London 一书。由此，滔天得知陈少白是兴中会的会员，以及陈是 1895 年在华南起义失败，与孙逸仙一起亡命日本的。陈少白同时为滔天介绍了何树龄。

滔天在香港跟比他先到一步的平山周碰面，联袂往访已与平山认识的张玉涛于澳门。然后经由张玉涛的指点，而去广州寻找何树龄，何树龄要他俩去看香港的区凤墀。他们在教堂里找到区凤墀，彼此谈得很投机，最后区说明其首领孙逸仙的近况，并说："你们如果愿意帮助我党的事业，请赶快跟孙逸仙认识。我们得报他已于上月出发伦敦，不日将抵达贵国。其所以到贵国，意在寻求贵国侠士之帮助。"

滔天闻之，极其兴奋。为着早日与孙逸仙会面，滔天和平山立刻回国。1897 年 8 月底，滔天与平山乘相模丸返抵横滨。当晚滔天独自往访陈少白宅。恰巧陈去了台湾，但下女又说从美国来了位客人，滔天断定这就是孙逸仙，不过这位客人散步去了。滔天请下女出去找，并以等着情人的心情等到十一点，等得脚麻腰痛还是没回来。

次晨，滔天又跑去陈少白宅。问下女，客人起来了没有？她说："还在睡觉，是不是把他叫起来？"滔天制止她，并在院子前面徘徊等着他。此时，突然响起有人开门的声音。抬头一看，看见一位穿睡衣、探着头的绅士。他看到滔天，微微点一点头，用英语说："请上来。"这个人，无疑的是滔天在照片上看过的孙逸仙。

滔天向其鞠个躬，进去屋子，被引至客厅。彼此坐下以后，滔天递出名片，自我介绍。他说陈少白告诉过他有关滔天的事，并问广东的形势如何。滔天答以没有时间详察广东情势而赶回来的理由，并说非常高兴见到孙逸仙。孙逸仙亦然。不过，滔天目睹孙逸仙没漱口、洗脸，穿着睡衣就跟客人会面，觉得有些轻率；孙逸仙个子不高，动作飘忽，没有分量，令滔天有点失望，因而滔天怀疑此人是否能够领导四万万中国众生。

旋即下女来说，烧好了漱口的热水，孙逸仙于是暂时离开了座位。过一会儿，整容出来的孙逸仙，虽然帅多了，但滔天仍然觉得不够瘾。继而滔天问了孙逸仙有关中国革命的抱负，亦即其主旨、方法及其手段。孙逸仙答说：

"我相信人民自己来统治才是政治的极则，故在政治精神上我采取共和主义。基于这一点，我有革命的责任。何况清虏执政柄三百年，以愚民为治世之第一要义，官吏以绞其膏血为能事，亦即积弊推诿，致有今日之衰弱，因而陷于沃野好山坐任人取的悲境。凡有心者，怎么能忍心袖手旁观？我辈之所以不自量力，欲乘变乱举义而蹉跌，理由在此。

人或许要说，共和政体不适于中国这种'野蛮国'，但这是不知情者之言。是以所谓共和，乃是我国治世之精髓，先哲之遗业。亦即我国民之所以思古，皆因慕三代之治。而所谓三代之治，才是共和之精髓的显现。勿谓我国民无理想之资，勿谓我国民无进取之气。是即所以慕古，正是具有大理想之证据，也是将要大事迈进的前兆。请到未浴清虏秕政的僻地荒村去看看，他们现在仍然是自治之民，其立尊长以听诉，置乡兵御强盗，其他一切共同之利害，皆由人民自己商议和处理，凡此决非简单的共和之民。所以，今日如有豪杰之士起来打倒清虏，代之以善政，就是约法三章，亦随喜渴慕和歌颂。因此应以爱国心奋斗，以进取之气奋起。

盖共和之治为政治之极则，它不仅合乎中国国民之需要，而且有益于行革命。征诸中国古来之历史，国内一旦发生动乱，地方之豪杰便割据要地以互相争霸，长者数十年不能统一。无辜之民，为此不知蒙受多少灾祸。今之世，亦不能保证没有乘机营私之外强。避此祸之道，唯有在于进行迅雷不及掩耳之革命，同时令地方之享有盛名者各得其所。如令享有盛名者为局部之雄，并由中央政府予以驾驭，则终不致有太大混乱而底定。我之所以说有益于推行共和政治之革命，就是这个意思。

　　呜呼，今日以我邦土之大，民众之多，竟为俎上之肉。饥虎取而食之，将以振其蛮力，雄视世界；有道德者用它，即足以以人道号令宇内。我以世界之一个平民，及人道之拥护者，尚且不能旁观，何况我身生于其邦土，直接受其痛痒，我才短智浅，虽不足以担任大事，但现在亦非求重位于人而袖手旁观之秋。因此，我要自告奋勇地为革命之前驱，以应时势之要求。天若助我党，豪杰之士来援，我将让出现时之地位，以服犬马之劳；若无，则惟有自奋以任大事。我坚信，为中国之苍生，亚洲之黄种，更为世界之人道，天必佑助我党，君等之来与我党缔交就是这个证明。兆朕已发，我党将发奋以不辜负诸君之厚望。请诸君亦能出力以助我党。救中国四万万之苍生，雪东亚黄种之耻辱，恢复并光大宇内人道之道路，唯有完成我国之革命。如能完成此事，其余之问题，自可迎刃而解。"

　　听完了孙逸仙以上这番话以后，滔天"觉得非常羞耻和惭愧。我的思想虽然是 20 世纪的，但我的心却仍然脱离不了东洋的旧套。我有只以相貌来评断别人的毛病。因此，常自误又误人。孙逸仙实在已经接近天真之境。其思想之如何高尚，其见识之如何卓越，其抱负之何等远大，其情念之何等切实。在我国人士之中，究竟有几个如他？孙逸仙诚是东方之珍宝。此时，我遂决心与他作知心之朋友"。

　　如此这般，与孙逸仙成为"盟友"的滔天，对于日后的中国革命运动，有过如下的重要贡献。

第一，替革命党人潜入内地，调查清军营中动态，及联络哥老会、三合会的仁人志士，并促其与兴中会分子合作。而他跟史坚如就是这个时候缔交的。

第二，与郑士良、陈少白、清藤幸七郎、内田良平以及后来的福本诚和近藤五郎（即原祯），陪同孙逸仙到南方准备惠州之起义。唯因所购得武器和弹药几乎皆为废物，加以日本政府改组，对中国问题采取观望政策，更严禁输出武器和日本官民参与中国革命，故此次起义终于失败。而山田良政就是此时牺牲的。

第三，1905 年 7 月末，介绍孙逸仙与黄兴认识于东京中国餐厅凤乐园，从而促成革命阵营的大团结，成立中国革命同盟会，奠定了日后辛亥革命成功的基础。尔后孙逸仙回忆说："及乙巳之秋，集合全国之英俊而成立革命同盟会于

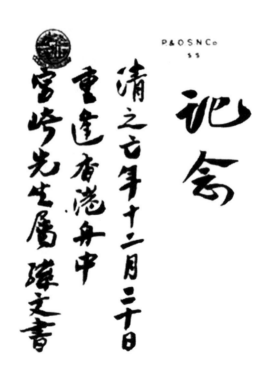

1911年12月20日，孙中山在船上给宫崎滔天的题词

东京之日，吾始信革命大业可及身而成矣。"由此可见同盟会之如何重要。此时，滔天与平山周和萱野长知，特准加入同盟会。

第四，其所撰写《三十三年之梦》，被译成中文，风行中国大陆，为使中国青年对革命的觉醒，贡献很大，黄兴就是因为读到这本书，日后亡命日本时去找他，而跟他成为盟友的。

第五，将孙逸仙的英文著作《伦敦被难记》，译成日文发表，使孙逸仙在日本一举而成名。并且，他的日译，比中文译本还早出版十四年。

第六，为革命党代购弹药武器。1907年9月13日，中国革命同盟会总理孙逸仙的委任状说："委任宫崎寅藏君在日本全权办理筹资购械接济革命军所有与资主交涉条件悉便宜行事。"

一言以蔽之，"滔天不仅是中国革命运动的援助者，而且是真正的援助者。所谓真正的援助者，乃是指他自始至终，毫无私心，做忠实不移的中国朋友的意思。因为，在自称革命运动的朋友中，曾经有过各种各样的人。是即他们之所以愿意援助中国革命运动，其动机并不都是一样的。这在开始时，还不显著，但到第一次革命以后，这个问题就渐渐明显了。其理由是这样的：中国青年在亡命日本的期间，不管何许日本人，举凡愿意援助的，他们都一概予以接受，但一旦革命成功从而出任要职时，他们就成为中国的公仆。在私情，对一切援助过他们的日本人，他们都觉得有恩有义，可是做为公仆，他们只能听对中国革命有真正了解的日本朋友的忠言。于是，怀有不纯动机的日本人，自然而然地会为他们所疏远。而对此不知反省的日本人，便会乱骂中国人忘恩负义。……总而言之，这些中国革命之友，到发生第三次革命前后，就截然分成以上的两大范畴了。可是，宫崎滔天却始终是中国革命热烈的和真正的赞助者"。

这是曾任东京大学政治学教授，对辛亥革命史颇有研究的吉野作造，对于宫崎滔天之于中国革命的评估。

若问，宫崎滔天为什么那样热心地赞助中国革命呢？我认为：

第一，他醉心于自由民权，希望透过中国之解放以实现日本之解放。换句话说，滔天以为，中国之解放意味着亚洲之解放，即日本之解放。

第二，滔天完全赞同孙逸仙的革命主义，由衷佩服孙逸仙的见解和为人。滔天说："孙逸仙先生是一代的大人物。很惭愧，在今日日本还没有能够跟他相比的人物。无论在学问、见识、抱负、胆量、忠诚和操守，他都比今日的任何日本人高超一等。唯有在数十年如一日地贯彻其清廉这一点，犬养毅始能跟他比肩。日后的历史家，如果要用成语来评估孙先生的话，我坚信他们将说：其仁如天，其智如地。"

以上两种因素，促使滔天成为跟孙逸仙生死与共的盟友；而这也是滔天为什么那样热心于中国革命的主要原因。至于滔天在精神上和经济上之所以能够长久赞助中国革命，犬养毅的帮助最大，这是特别要提到的一点。

日本浪人宫崎寅藏曾云："志趣高洁，心地光明，现今东西殆无其人。"先生创发知难行易学说，旨在勉人追求真知，力行实践。连胡适都认为："中山先生是个实行家，凡是真实行家，都有远见的计划。中山先生一生就吃了这个亏，不是吃他的理想亏，是吃大家把他的理想认为空谈的亏。"

作者按：为符合本书体例，经陈鹏仁教授同意，未附原文注释

附录 2　宫崎滔天著《三十三年之梦》

吉野作造　解说　陈鹏仁　译

此次明治文化研究会将重新发行宫崎滔天著《三十三年之梦》。此书的初版问世于 1902 年。当时非常畅销，曾出十版，尔后绝版且逐渐为世人所忘记，因此我们同仁决定重新予以刊行。由于我是主要的校订者，所以我想简单地说明我们为什么要重新印行此书的理由。

本书是著者的自传。正因为作者是历尽沧桑的人，所以其三十年的生涯本身就非常有趣。加以他的文笔又好，因此，我敢保证就是当作普通读物也必令人难于释卷，这是为什么本书初版当时洛阳纸贵的重要原因。经过二十几年的今日，我们所以要重新出版它，并不只是因为该书富于情趣，而是因为深信它是研究明治文化时值得参考的重要文献。

作者宫崎出生于明治初年（明治三年，公历 1870 年——译者注）。因此他是在耳染自由民权，并醉心于西洋文化的气氛中度过青年时代的人。当时，有志的青年的出路有二：一是在官界求发展；二是在民间展其志。而后者又有两个方向，一是愤慨于藩阀的专制，因而埋头于政府革新的运动；二是绝望于国内当世，而求友于邻邦，首先一新整个东洋的空气，由之冀求慢慢改进其祖国。后者虽是少数，但他们却或往来于朝鲜，或投身于中国，而直接间接地帮助了日后日本的大陆政策。而宫崎滔天就是为中国与日本之桥梁的典型志士之一。因此，他的自传实与日本近代史具有不可分割的关系。

若是，生在明治初期的人，究竟受过些什么教养呢？这在他的自传里写得很清楚。当时有为的青年对时势做如何的看法呢？他们见识的渊源是什么？滔天的自传皆有清楚的交代。有人不在国内展其志而求友于邻邦，并从东洋的大局来着眼这个事实应该怎样说明呢？本书有明确的解释。当时青年思想的原动力是什么？当年的时势跟它有什么关系呢？这些在历史研究上非常重要的问题，它都有详细的叙说。而且，他以活生生的行动来表白，和以简洁而巧妙的文字把它写出来，因此更生动。它的生动，自然而然地会令人忘记研究的严肃。我认为，本书最大的历史价值，乃在于它是没有虚饰的实实在在的记录。

在这种历史价值之中，我特别要强调的是，关于中国与日本之往来的部分。在近代，中国与日本的内面关系，实始于孙中山先生的亡命日本。为什么我做这样的判断，说来话长，姑暂予省略。总而言之，孙中山先生受了犬养毅氏等的庇护，尔后更得到了许多日本的知友这个事实，对于日后的中国革命确有莫大的影响，更是改变东洋局面的开端。而在日本人当中，最早跟孙中山先生认识和最值得孙中山先生信赖的就是宫崎滔天。因此，单就这一点来讲，宫崎的自传本身就是中日交涉史中很有意义的一章。不特此，《三十三年之梦》有许多页数用于叙述著者与孙中山先生的关系，所以，本书更是欲研究辛亥革命初期者的重要史料。

作为文艺作品，我不知道《三十三年之梦》究竟有多大价值。不过，我却曾经听人家说过内田鲁庵翁非常赞扬本书，而我只能从学术的观点来评论这本著作。如前面说过，单单是宫崎行动的实在记录，本书就有很大的价值，除此而外，我最佩服的就是他的态度之纯真。他曾失败过几次，更犯过多次的道德上罪恶。但是，我们却不得不寄予无限的同情，甚至蒙受很大的感激，和领得许多的教训。尤其是，他对于中国革命纯实的同情，其心境之光明正大，其热烈的牺牲精神，真令人肃然起敬。我要毫无保留地、坦坦白白地说出，从这本书，我不但得知了辛亥革命初期的史实，我更领会了辛亥革命的精神。如果有人要我举出十本我所喜欢看的书的话，我必定把这本书列为其中的一本。

由于如上所述本书的性质，本书自然而然地有许多的中国读者。而我之所以知道本书的存在，就是中国朋友告诉我的。惭愧得很，本书初发行时为东京大学法学院学生的我，对这方面完全不关心。大学毕业后，我虽然也到中国大陆，惟或许由于停留在有不少日本人的天津，所以对于中国革命丝毫没感觉兴趣。因此，截至1916年底发生第三次革命，我绝少研究中国的事情，更不知道本书的存在。是则我之研究中国，实始于第三次革命的前后。其经过，我不想细说；不过其直接动机是，第三次革命发生几个星期以后，当时同情革命党的头山满翁和寺尾亨先生的一群，对于日本各界对这次革命的真义缺少了解而非常愤慨，因此想编写一本简单的中国革命史给一般日本人看，他们则将此事托我。是时我对中国已有些兴趣，所以，遂答应做这项差事。为了供给最新的材料，寺尾先生曾经介绍了戴季陶君和殷汝耕君等给我，这时告诉我了解辛亥革命初期的历史最好的参考书就是《三十三年之梦》的便是这两个人。他们说，《三十三年之梦》出版后不久，便由章士钊君译成中文，并在中国非常流传。

这是我日后所听到的话，即黄兴在1904年革命（指与马福益谋举义于湖南的事——译者）失败，由上海亡命日本，当时还是个无名青年的他，来到东京之后，窘于衣食和住的问题，此时黄兴忽然想起《三十三年之梦》，并相信其著者滔天必定乐意帮助他，因而自告奋勇地去求宫崎的帮助。这话起初我是从已故滔天君那里听来的，后来我又直接问了黄兴氏。

由此，我们当可知道本书之如何广泛地在中国人之间流传和影响他们。

在今日中国，现在还有很多人在看《三十三年之梦》这本书。这次因为要重新出版它，所以我特地去找中文版，可惜没找到。我以为在中国大陆或许可以找到，因此特请在上海的朋友内山书店老板完造君帮我找，结果他也没找到旧译本，因而寄来了新的译本。这不是章士钊君所译的。要之，在中国，今日还有许多人在读这本书是一个事实。内山君在信里就说，在他店里工作的中国人也正在看这本著作。唯他们只以它有趣而看，至于作者宫崎的名字似乎逐渐被人忘记。话虽如此，《三十三年之梦》这个书名，只要孙中山的名字不朽，我深信在中国，它必有其不朽的生命。

《三十三年之梦》在日本虽然曾经发行过十版，但在市面却非常少。就是明治中期的书刊如潮水般地在上市的今日，本书也绝少露面。1917 年，我知本书之名，并托有斐阁（东京一家书店的名称——译者）的山野君代找时，他花费了很长的时间才给我找到一本。嗣后经过一年多，在神田的旧书店我又找到了一册。现在，不管有多少本，我决心随时随地买它，但至今，我只买过两本，而在我的朋友中，只有两个人曾经在旧书店买过这本书。由此可见本书之如何地少在市面流传。这是为什么我咨诸故滔天嗣子龙介君，并得明治文化研究会同仁诸君的谅解，决心重新出版这本书的主要原因。

为了使准备阅读《三十三年之梦》的人们方便起见，我想简单地来说明本书的梗概。本书一共有二十八章，我们似可把它的内容分为以下四个项目。

一、修养的时代：从"半生梦醒念落花"的序曲到"思想的变迁与初恋"七章。

二、活动于泰国的时代：从"决定大方针"到"呜呼二兄已死"七章。

三、活动于华南和南洋的时代：从"展开新生面"到"形势急转"七章。

四、活跃于惠州起义的时代：从"大举南征"至"唱落花歌"七章。

一、修养的时代

这是我暂时采用的名称。以下亦同。从这修养时代的七章，我们可以窥悉作者思想和行动的由来。他早时去世的父亲，似乎是位非常磊落而厚于情谊的

1913年3月19日，孙中山抵达熊本，在宫崎滔天住所与宫崎家人、亲属合影

人。他的母亲，虽是女性，好像曾经致力于儿女的教育。长兄八郎早年倡自由民权，死于西南战争西乡隆盛阵营中，因此，作者之所以早对明治政府有所不齿是有其原因的。他的学历是，中学毕业后转入熊本的大江义塾（书塾——译者），受德富苏峰先生的教诲，不久便到东京进某私塾就读。在此期间，他入信基督教，由小崎弘道先生洗礼。这可能是因为他在内心时常有所求所致。这是在他十五岁左右的事情。不过他的基督教信仰，却并没有长久，理由是，因有所求而入信的他，在基督教教会并未能得到他所寻求的东西。尤其是在他信仰开始发生动摇的青年时代，他之遇见名叫伊撒克·阿伯拉罕的西洋虚无主义者的故事，在别种意义上，特别有趣。关于这个洋怪人，他另有《狂人谭》的著作，而这也是一本非常有趣味的书。所以，将来有机会，我也很想把它重新刊印。

但，无论如何，对他日后的思想和行动予最大影响的还是书上所称呼的一兄和二兄。详而言之，他的社会观似得自其一兄民藏。如果套用今日的用语，民藏或可以说是无政府主义者。作者之所以弃基督教固是一兄的感化,其弃基督教未舍博爱的大义也是一兄的感化。至于一兄的思想为何,本书(指此次重新发行的版本。以下同——译者)第二七页有简要的叙述。又,民藏有《土地均享人类之大权》(1906年出版)的著作,这是要附带说明的一点。

其次,他把中国选作他活动的舞台,毫无疑问地是受了二兄弥藏的鼓励。而二兄关于中国的思想,在本书第二三页和第三九页有精确的说明。是则弥藏想先与中国来抗拒白人的压迫,尔后养力于日本,从而伸大义于世界。作者本来是想到夏威夷去赚取前往美国留学所需费用的,惟为二兄所劝阻,因而遂把终生的事业放诸中国大陆。

不消说,在能够了解作者的面目这一点,这些故事是非常有意义的。不特此,我们更可以从这些故事了解当年的时势。什么时势呢?当时,在政府机关不得志,或不想在政府机关做事的青年,通常都参加了自由民权运动,很少为改善自己亲人的生活而站起来的,而为其典型的代表者就是作者的所谓一兄。因此,如果我们研究一兄的思想,我们可以知道这一种或这一派青年的所由形成和他们的志向。与此同时,那个时候的社会,一方面是由于幕府以来排外思想的余习,另一方面是因为受到军国帝国主义在西洋抬头的影响,所谓弱肉强食的国际观非常盛行。所以,以对付白人为目的而做联合黄色人种的种种活动,便很容易获得青年们热烈的拥护。所谓二兄的中国论,实胚胎于此,这是很值得我们大书特书的,而作者滔天的思想和行动,也就是合此两种时代思潮于一身,并想实行它的一种尝试。宫崎滔天之所以为我们研究中国革命初期历史的重要史料,其理由在此。

二、活动于泰国的时代

作者与二兄立志于中国,这在他的自序里写得很清楚。根据本书的说法,为了要说服一兄参加这项事业,他和二兄曾经联袂回家去。可惜没有成功,一兄且说，他将在日本实现其理想。唯作者却获得了一兄物质上的援助，因此为到中国而先来长崎，但在长崎，他的旅费却给朋友借走。经过许多曲折，他终于到了上海，可是应寄来的钱又没到，束手无策，遂又回到日本来（这是他在二十一岁时的事情）。

以后他暂居于故里，但不能忍受无所事事之生活。蛰伏三年之后，想依靠金玉均（韩国人——译者）来开展活动的新局面来到东京。本书有关他与金玉均在芝浦海上月夜会谈的描述，非常精彩。惟天不从人愿，不久金玉均便在上海被暗杀，因此作者的计划也就随之成为泡影。在这时期，韩国的东学党之乱起，风云告急。宫崎决心到中国而又上东京。这路上，他在神户遇到了岩本千纲这个人。而这就是作者到泰国的转机。

岩本是个与泰国移民公司有关系的人。岩本因为生病，所以要宫崎代他到泰国去。当然，作者的志趣不在此。不过，泰国有许多中国人，为着将来，他以为此行或许不虚，遂答应去。此时二兄已进中国商店工作，穿中国衣服，绝对避免跟日本人来往，宛如做了中国人而专心一意研究中国，兄弟心志同在中国，但一个人在横滨，一个人在泰国，分手去努力。

在泰国，与日本人携手尽力于日人之移民泰国的是当时的农商部长斯理萨克侯爵。泰国部长认为，为对抗白人的侵略，同病相怜，大家应该团结起来，而这也是当时东方人共同的思想。我更可以从著者之毫不迟疑地赞同泰国部长这个事实体会当年的气氛和时潮。但到了泰国之后，其事业却一无所成。因此，遂回到日本来重新策划。不久再度前往，但这次更惨。不只事业失败，他的朋友死于疾病，而且他也被传染，几乎是从死里逃生狼狈地又回到日本国土。

在第一次从泰国回到日本的时候，曾经发生过几件事情。其中特别值得我们一提的是，从躲在横滨的二兄处得悉二兄遇到中国革命党人。可是，第二次从泰国回到日本时，二兄已经病逝了。所以无从问起这个中国革命党人到底是谁，不过后来才知道这个人是陈少白。日后作者与陈少白认识，更由此而跟孙中山先生相许，这些，实在不能不说是一种不可思议的因缘。

三、活动于华南和南洋的时代

屡次失败而回国并到东京的宫崎，其目标在于企图重振他在泰国的事业。不过在东京时，由于可儿长一的劝励，往访犬养毅，这是他中止到泰国而活动于中国的开端。

跟犬养认识的结果，他遂受日本外务省之命到大陆去实地探察中国的秘密结社。此时的日本政府是宪政党内阁，其外务大臣为首相大隈重信所兼。这是我们应该注意的一点。要之，他决定跟可儿长一和平山周到华南。出发前，因生病而慢于可儿和平山动身。病愈将出发时，他往访小林樟雄。在小林处偶然碰上长兄之亲友曾根俊虎。由曾根之介绍，作者到横滨并认识了陈少白，同时知道陈少白就是二兄所交的那位中国朋友。透过陈少白，他知道有孙中山这个人。如此这般，他在大大地增加了见识之后喜气洋洋地到了香港。在彼地，他结交了不少革命党人。

本书作者之与孙中山先生见面，乃是自香港回国以后的事。与孙先生见面后，他们的意见非常投机，因而宫崎遂答应愿以全力帮助孙先生的革命事业。不久，日本政局有所变化（1898 年 11 月），由山县有朋出而组阁，青木周藏担任外相。作者与外务省的关系因而中断，但犬养仍继续设法资助孙先生和宫崎等，所以宫崎才能够再三往还于东京和香港之间。在香港，他曾经跟菲律宾的志士有所接触。这也是值得我们特别注意的一些事情。而这些事，皆发生于1898 年的夏季和秋季。

戊戌政变之际（1898 年 9 月），康有为受英国保护先逃到香港，梁启超避难于日本公使馆，尔后亡命日本，康则慢梁一天到日。陪梁启超的为平山周，随康有为的是作者，这也可以说是一种不可思议的因缘。又，本书有关作者与康有为之关系的叙述也非常有趣。

1899 年 2 月，菲律宾发生独立战争。孙先生一派亦不得不有所行动。他们想借帮助阿基那尔多（Emilio Aguinaldo）的余势以进军中国大陆。旋即菲律宾的密使来日托 孙先生购买军械。 孙先生则跟作者等商量。最后因犬养的介绍，将此事委托政友会的中村弥六办理。在政府密探严密监视下，好不容易购得所需物品，并将其物品和人员载运于布引丸往华南送出，不幸该轮却沉于上海海面。作者之获悉此项消息，系接获华南发生动摇电报，而受命于孙先生拟前往广东侦察实情的航海船中。

作者在华南时，成立了所谓哥老会、三合会和兴中会的三派联合。而这是惠州起义的原动力之一。此外，以下两件事也与惠州起义大有关联。一是第二次来日采购军械的菲律宾志士，鉴于独立运动已经失败，以及日本政府监视之严，遂放弃计划并将手中的军械全部交给孙先生；二是作者回日本后，因为朋友的介绍认识大实业家中野德次郎，而中野则予孙先生一派以大量的财政援助。

四、活跃于惠州起义的时代

惠州之起义并非乘拳匪之乱而策动的，这是他们决定大举南征，而在路上听到的。如前面一节所说，孙先生一派计划在南方起事，并于 1900 年 6 月往南方出发。其目的地有几个，作者等一行所指向的是新加坡。他们准备在新加坡向华侨募款，尔后孙先生亦将到此地来。作者则拟在此说服康有为跟孙先生合作。

在这以前，在当地已从日本来了密电，谓有孙派的人将到新加坡来暗杀康有为的传说，无须说，这是横滨康有为派打来的，因此，上岸的作者一行不但未能与康有为见面，而且更被当地警察所捕，并被送进牢房。关于这些事，本书皆有详细而感人的记载。

被释放后，遂准备回国。所幸，跟迟来的孙先生等同船。在香港想上岸，但香港政府知道他们是革命党人，因此未获准。不过据说，这时香港总督更秘密地向孙先生交涉，说他将劝李鸿章在两广宣布独立，并拟请孙先生出任民政首长，这是值得注意的一件事。总之，他们决定回日本，而惠州起事的一般方略，就是此时在香港海面船中拟定的。

（一）占据惠州附近三州田山寨，伺机起义。举兵之事，以郑弼臣为总指挥，以近藤五郎和杨飞鸿为参谋。

（二）起事如果成功，将以福本日南为民政首长，在其底下将设部局以掌民政。当然，孙先生将任大总统。

（三）孙先生回日本担任采购和输送军械以及其他一切之必需用品。

于是，孙先生便回到日本。是时，有人说要给孙先生介绍台湾总督。为了想从这方面得到更多的援助，孙先生遂到台湾去。但这种期待，终于未能实现。当时的台湾总督是儿玉源太郎，民政长官为后藤新平。

不久则接到三州田起义的消息。这是等不及东京的电命而不得已动兵的。很幸运地，如本书所写，它连战连捷。但是，在日本所策划的却统统成为画饼。因为：第一，募款不如意；第二：台湾方面的采购落了空；第三，唯一所依靠菲律宾志士赠送的子弹（据说二十五万发值六万五千元），因被欺诈，皆为不能用的东西。于此百计已尽，孙先生遂不得不忍声吞泪电命华南战场的同志随意解散。关于此次起义之作者的"与孙逸仙书"，可以说是本书最精彩的部分。

如上所述，作者的所作所为，事事皆与心违，因此，终日以酒解愁，过流浪生活于江湖，一二年后，更决心做桃中轩云右卫门的门徒。该时的郁闷之情固可由其自序看出，而他之绝非只漫然在高座敲扇子以糊其口，亦可由其自作自唱的"落花之歌"了然。关于这曲歌，本书虽有述及，但没有歌词，因已从作者的旧稿找到，故将全文刊出。

　　　　一将功成万骨枯　国虽号称真富强　下万民膏汗血泪　往争吃白薯之饿

鬼道去　则为地狱坡　世人大喊文明和开化　火车轮船电车与马车　旋转之

轮虽无异　坐不得者为地狱火之车　惟因因缘推此车　推至弱肉强食之剑山

修罗场　浴血奋战者　乃为未能共享文明开化恩泽之徒　以为死后有余荣

遂与士卒一起拼　生还则被饥寒之妻儿与地官所迫　拟为无处申诉之小民

建设能予乞丐以布衣　车夫马夫有车坐　穷苦农民亦富有　四海兄弟皆自由

　万国和平自由乡　如今一切计划破　此梦遗留浪花节　弃刀废剑执手扇

一声叩响黄昏时空　与钟同谢是樱花

本书以作者入门桃中轩做结局。尔后作为寄席艺人数年的行动，作者亦有自著的种种记录。这些，今日读来也很有趣味。而黄兴之求援于作者，乃是作者在东京四谷某席亭敲扇子，一夜只赚四毛多钱之最穷困的时候，这是作者亲自告诉我的。在这样的困境中，宫崎对中国的厚望和热爱，仍然如故。正因为如此，所以他才致力于实现孙先生和黄兴的合作，更致力于1905年中国革命同盟会的创立。一言以蔽之，宫崎毕竟是地地道道的中国革命党的恩人。他之终生为中国青年所钦慕，乃理所当然。因此，他跟中国的革命运动，实有绝不可分割的关系。关于这些，哲嗣宫崎龙介君所写的传记或将有更详尽的记载。又，由于这些事略与研究近代日本和中国之内面的关系上大有关联，所以我想把作者的遗稿全部予以整理和出版。这些遗稿，就是当作一般读物来看也很有意思，我深信这是本书读者所能同意的。

现在我要说的是，作者滔天不仅是中国革命运动的援助者，而且是真正的援助者。所谓真正的援助者，乃是指他自始至终，毫无私心，而做忠实不移的中国朋友的意思。因为，在自称革命运动的朋友中，曾经有过各种各样的人。是则他们之所以愿意援助中国革命运动，其动机并不都是一样的。这在开始时，还不显著，但到第一次革命以后，这个问题就渐渐明显了。

其理由是这样的：中国青年在亡命日本的期间，不管何许日本人，举凡愿意援助的，他们都一概予以接受，可是一旦革命成功从而出任要职时，他们就成为中国的公仆。在私情，对一切援助过他们的日本人，他们都觉得有恩有义，可是作为公仆，他们只能听对中国革命有真正理解的日本朋友的忠言。于是，怀有不纯动机的日本人，自然而然地会被他们所疏远。而对此不知反省的日本人，便会乱骂中国人的忘恩负义。在这里我不想多说，总而言之，这些中国革命之友，到发生第三次革命前后，就截然分成以上的两大范畴了。可是，宫崎滔天却始终是中国革命热烈的和真正的赞助者。我之所以能够开诚布公与滔天相见和谈论，实在是基于这种原因。

最后，我想给拟做进一步研究的人提醒几件事情。

（一）《三十三年之梦》初版不久即有章士钊君的中文译本，最近又出来另外一种中文版本。章士钊君是今日中国相当驰名的政治家。我曾努力想找他的译本，但至今尚未找到。最近的译本叫作《三十三年落花梦》。是 1924 年 4 月在上海出版的，但却没有译者的名字。四六版不到一百四十页，所以可能省略很多。

（二）本书第三四页上栏所说的《狂人谭》，乃是四六版一百五十多页的小册，由《绪言》《拿破铁》和《释迦安与道理满》等三篇所构成，是一本非常有趣和令人不得不思索的书。我很想另找机会介绍它。据说，作者因为只靠"浪花节"不能维持生活，所以顺秋山定辅之劝在《二六新报》连载。而最初写的就是《狂人谭》。由于《狂人谭》大获好评，遂应邀再写《三十三年之梦》。但，出单行本的是以《三十三年之梦》为先，《狂人谭》为后。后者大约慢一个月出版。

（三）本书第一七八页所说 Sun Yat‐sen, Kidnapped in London 这本书在日本虽不驰名，但在西洋却很出名。理由是，因这本书，孙先生在西欧成了大名。这是因为书中所陈的革命精神大大地感动了西洋的读者。此外，因为此事件为国际公法开了一个先例也是使此书成名的原因。 孙先生在伦敦被中国人拐诱并被幽禁于清国公使馆，照逻辑，他将被遣送回国杀头的，唯由于乃师康德黎的营救始幸免。当时，英国外相索尔兹巴利侯爵以为，在公使馆外的拐诱本身就是清国政府警察行为的开始，因此遂以侵害英国的主权为理由而强硬要求引渡孙先生。这可以说是所谓继续航海主义在陆上的适用。前几年，我曾请在英国的福岛繁太郎君替我买了一本该书，是一本四六版一百三十多页的小册子，里头附有英国外相的公文。又，民国元年上海曾出中文版本，曰《伦敦被难记》。

（四）康德黎（James Cantlie）是孙先生在香港西医书院求学时代的老师。除日本人外，跟孙先生最要好的外国人，恐怕就是他。回到伦敦以后，康德黎便组织 Friend of China Society 请许多朋友给予孙先生各方面的援助。他跟 Sheridan Jones 所撰的 Sun Yat-sen and the Awakening of China 是欲知孙先生所非读不可的一本书。它没有出版的年代，不过我想大概是在第一次革命后孙先生被选为总统时写的。

（五）本书第一六九页的所谓天佑侠，与本题没有直接关系，所以我不想多费笔墨，只指出它的党羽之一铃木天眼写有题名《天佑侠》的一本书。它是由清藤幸七郎所编，而清藤就是本书的吞宇。但实际上的撰述者，据说是天眼，这本书也是非常精彩的。惟天佑侠的活动，在拟伸其志于邻邦这一点上是相同的，但其根本的动机则与作者等完全相反。如前面所说，作者是诚心诚意想为中国设想的，但天佑侠却名副其实地为日本而想吃韩国，尤其是想光大日本人的英勇而乱发的暴行，说痛快确是痛快，但跟作者的立场完全有异。而这些天佑侠的人，有许多是起初跟作者为中国尽力的（由此可见援助中国者其开头实在有各色各样的人），但到后来，他们也就慢慢地离开了。在这种情况之下，作者能始终一贯以纯正的动机为中国之挚友，的确令人钦佩不已。

（六）关于中国革命的历史，请参阅我与文学博士加藤繁君合著的《中国革命史》一书。或不无自我吹嘘之嫌，但我们仍相信它有一看的价值。不过，此书却只写到第一次革命而已。至于有关第一次革命以后的事，我也有几部著作，更有不少他人的书，恕不一一述及。

（译注）本文作者吉野作造(1878–1933)是日本宫城县人。留学欧美，曾任东京大学政治学教授、政论家，对日本民主思想的鼓吹贡献很大。1966年，日本中央公论社为纪念他对民主思想的非凡贡献，设立吉野作造奖，以奖励每年对日本论坛有过最大贡献的人。本文译自《三十三年之梦》复印本的附录。该书附录除本文外，还有滔天家族相片，其哲嗣宫崎龙介所写作者小传和索引。而译者用以翻译的版本，系发行于大正十五年七月十日。又，大正元年适值民国元年。

作者按：

《党人碑》故事内容与宫崎滔天的《三十三年之梦》，有很多相似之处，黄世仲以虚拟的名字，叙述史实；两书比较之下，可窥见历史真貌。因此将此文附录于书末，以供读者诸君参考。

另：为符合本书体例，经陈鹏仁教授同意，未附原文注释

附录 3

郑愁予教授曾创作组诗《衣钵》，歌颂辛亥革命对中华民族之贡献。经郑教授允许，附录于此。

衣钵

一　仰望

号声穿过与黎明壤接的长廊

集合者在天光中列队走来

在此人界与神界的两栖土上

——在此空敞的纪念厅之一端

在已成为五十四页国史封面的

民族图腾一样的您的面容前

站——且将葵花般的仰望举起

在此孤臣孽子的旧乡

在静蠹的大理石柱间

啊　您坐得是如此之临近

又当"尚未成功"之左钟

"仍须努力"之右鼓

与凄怆的一百四十五字的大合唱

痛击我们这一代的仰望之目

泪呀　便再也忍不住地自凝视中涌出来

……

而且　让我们想到

在那一切诞生都是平凡的

汉民族式微的年岁中

（上帝的笑脸恒朝西方的那刻）

却有您超凡的诞生

当忍辱的日子像"台风草"一样

在每节的拔高中预言苦难

（帝国主义正进行掘根贸易时）

却是您成长的季候

且带属于先知的悲悯

穿上满鞋家园的荒凉

开始走　走　悟宇宙　悟死

然而　所有的桥梁都跨过了

从这一异端　渡向　彼一异端

而天边泱泱的道统却仍是　儒家的香烟

那么　仍归祖国吧

去触知　那犹刻满文的制钱 [1]

每天　对海棠叶脉络苍老的地图

去感动整个的下午

啊　那是五月您第一次横过所至爱的 [2]

祖国　开榴花的祖国该是怎样的风景

甲午之后　您用悲愤速写的风景

该是　怎样的历史

二　芥子

那时　让我们想到

在东方　狮子犹睡在美德之下

有韵致的鼾声一如老祖父的水烟袋子

而随太平洋的早潮

涌进中国古老而无备港口的

是扯各色洋旗的大火轮

渤海湾被旅大和胶东特区挤得更瘦了

南中国海

倒挂在港澳的利齿上似一方旧餐巾

而东疆碧蓝的陆棚上

插巍然的台湾——

哎　就是那块　"请君止步"的告示牌

次殖民地！次殖民地！

这就是您所爱的祖国么？

毛子们迈过已四百年了的古京垣

一靴又一靴地踢开宫阙深掩的重门

被禁锢的自大

流落在民间成为义和团倒霉的咒语

列强　列强

在中国版图这块并不平的棋枰上

像定石一样投下了租界和商埠

之后　竟构成政治奥林匹克的竞技场

次殖民地　次殖民地

这就是您所哀的祖国啊

海军专款结为昆明湖的冰了

六君子舍了头颅

傀儡皇帝像伶工一样

向秋来的瀛台谢幕

而战争仍是些卖身纸

轻易地仰身于军机处的檀木桌上

条约　条约　特权像野草那么遍在

那么茂长

在租界与租界的间隙

在用赔款盖了的医院　教会　和洋学堂中

收留中国人剩余的尊严

总不能让少年像童养媳一样地养大啊

而上李相国书　终成为退稿了

农业的中华命脉

即被泰西工业的骄阳晒死

这时　您默默地决定

然后轻轻地自语

革命！　革命！

啊　革命　革命

好一个美得引人献身的概念啊

在历史的江流上筑一个坝

把民族五千年的道统储起

为全世界求生存的物质文明发电

为整个人类的精神领域灌溉

这就是您革命的工程

因之　推翻专制　使那

属清的一季过去

这岂仅是您四十年欲耕收的果实

革命　革命　多美的神性的事业

在大地上　它萌始了像一粒细小的芥子

三　热血

然后　让我们想到

耳语像春风一样自江南绿过来

古老的大地在青年人的走告中复苏

在海外

南洋诸岛被"演说"一个个地拍醒

在檀香山　日本　在新旧大陆

在无论哪

凡是有拖小辫子的那个坚苦民族

沉默而无希望地工作的地方

便传布您的名字

那么　乡亲啊　还等什么呢

自银行中提出点滴苦守的款子吧

而且　变卖异乡的产业吧　折价再折价

活像一群染上嗜好的败家子

当三月桃如霞　十月枫似火

燃烧的江南正如檄文在火化

而首先祝告天地和先人的　该是

"祖国啊，祖国！终于去革命了！"

在子夜　犹开会的党人　像一群蛾

把激动的脸闪在煤油灯的四围

当一个青年自边远的省份赶来

急切地闯进这群钢铁的灵魂

喂！大家见见！他是我们的新同志

同志　同志　这是多么震响的称呼啊

五指的火钳握火钳　泪眼相对泪眼

这么久的渴望　这么远的奔赴

这么烫的热血恨不得立即洒出

就为的是这一声称呼

啊，明天，明天丑时行动

正好，正来得及，同志！

那是热血滋生一切的年代

青年的心常为一句口号

一个主张而开花

在那个年代　青年们的手用做

办报　掷炸弹　投邮绝命书

或者把同志来握　紧紧紧紧地握

在那个年代　青年们追随领袖

比血缘还要亲　守护理想

比命根子还要紧

啊，同志！

今晚孙先生的专使在李家祠讲话，去不去？

怎么不去！下大把刀子也得去！

四　背影

您功参造化的大智　大勇　大感召

营建闭塞而庞巨的中国

正如　为此空敞的大厅开一列向东的窗

让耀目的朝阳　像镶嵌一样地肯定

让光华盈满四壁　如四个海闪亮

当青天高朗　回荡四万万份笑声

在错落的关山之间　在大风之上

让旗升起

（日出东方兮为恒星之最者）

然后　神采飞扬地遍插十五省城

啊　这是什么纪元　今天

教师在黑板上仅仅写了两个字：民国

立刻　一堂学子就快意地哭了

当病虫害已久的海棠叶　刚被

烈士的血涤清　当金蛟剪

神话般地行动于一夜间

男人们总算在齐耳的短发下昂起额门

啊　这年代啊

响彻大地的呼声岂仅是"感恩"!

然而　在江南　您的宁静

像嫩雪扑帘的清晨一样

在永夜的思想中　完成了主义的第四讲

是的　官位应让予凡人　而先知

在神性的事业中　必将经典制定

必使之进入万世的邦基　像圣灵一样的做工

当白日朗照　您在自己缔造的国度上

眺望　却以一个公民的谦卑说

"怎得在此结庐啊！钟山！"[3]

然而　在北国　乱冰在大河中撞

数千里的平原上弥漫风沙和野心

统一　统一　这是和平的第一义

是的　要向北方去

您把自己当一支箭那么射出

纵使狼子像卵石一样顽冥

坚信仁者的热血必能把正义孵出

两万人提灯为一个老壮士照路[4]

带最后生日的感慨　您将远行

在深灰的大氅　裹一腔什么

啊

那是革命的衣　历史已预知

当夕阳　浮雕您的背影在临江的黄埔

那时正是您满意的诀别

因为第二代的同志已长成

五　衣钵

今天　又是初冬过去

再不久便是乙巳年的立春

这是您第一百个十一月的第十二日

在此空敞的纪念厅之一端

在闪泪的行列中

我也是一株　一株锦葵般耽于仰望的青年

这传自您的衣钵　我早就整个地肩承——

因之　在我一懂得感动的年纪

在第一次翻开实业计划的舆图就

把泪滴在北方大港上的年纪

我便自诩为您的信徒

因之　在课堂或在满架的旧书

在那么多的伟人　圣哲　和神的名字

我固执地将您的一切记取　啊　谁教

每一代中国人的心都是翠亨小村

必须　必须迎接您的诞生

因之

我们不是流过泪便算了的孩子

在繁衍信仰的灵魂中

我们"生命"的字义已和"献身"相同

而且我们要再现那些先烈的感动

对您和您所创的每一事迹每一词汇的感动

啊　今天

在此人界与神界的两栖土上

在静蠡的大理石柱间

您坐得是如此之临近

当号音的传檄在黎明中响起　您

我中华在天之父啊

知道吗　又集合了第三代的献身者

传接您的衣钵

注：

[1] 孙中山先生幼年尝以制钱上之满文示意邻童，谓"中国犹为异族统治也"。

[2] 甲午战争后孙中山先生决定革命，次年第一次去北平（今称北京）观察形势。

[3] 孙中山先生就任临时大总统时在南京眺望山川，曾表示愿结庐于钟山从事著述。

[4] 民国十三年孙中山先生动身北上前夕，正值 59 岁诞辰，是晚广州各界两万民众提灯庆祝，次日坐舰经过黄埔，军校师生列队送行，孙中山先生见革命继起有人，至为感慰。

附录4 黄世仲创办或参与的报刊一览表

报刊名称	创刊时间	地点	合作者	担任职务
中国日报	1900.1.25	香港	创办者、社长陈少白、冯自由	编辑、记者
世界公益报	1904.1.27	香港	创办者、主编郑贯公	编辑、记者、撰述员、协助
广东日报	1904.3.31	香港	郑贯公、黄世仲	编辑、记者、撰述员、协助
有所谓报	1905.5.2	香港	郑贯公	创办人、撰述员
少年报	1906	香港	黄世仲	创办、主编
粤东小说林	1906.8.29	广州	黄世仲、黄伯耀	创办、主编
改名中外小说林	1907.5.10	香港	黄世仲、黄伯耀	主编
改名绘图中外小说林	1907.12.5	广州	黄伯耀、黄世仲	协助创办、主编
广东白话报	1907.5.31	广州	黄世仲、黄伯耀	协助创办、撰稿
社会公报	1907.12.5	广州	黄伯耀	协助创办、撰稿
岭南白话杂志	1908.1.8	广州	黄伯耀	协助创办、撰稿
南越报	1909.5.5	广州	同盟会员多人	参与创办、编撰人
新汉日报	1911.11.9	香港	同盟会员多人	总司理兼撰述员

廖书兰制图表

附录5　中国国民党党名演变表

党名	成立日期及地点	宗旨
兴中会	民前十八年（1894）11月24日于檀香山	驱除鞑虏，恢复中国，创立合众政府。
中国同盟会	民前七年（1905）8月20日于日本东京	恢复中华，创立民国，平均地权。
国民党	民国元年（1912）8月25日于北京	实行政治统一、地方自治、种族团结、民生政策、国际和平五政纲。
中华革命党	民国三年（1914）7月8日于日本东京	实行民权、民生两主义，扫除专制政治，建设完全民国。
中国国民党	民国八年（1919）10月10日于上海	结合全国民众，达成实行三民主义建设新中国之历史使命。

廖书兰制图表

鸣谢

本书得以完成，有赖专家、学者及友好提供撰写意见、参考资料、研究资助，特此鸣谢。若挂一漏万，敬祈见谅。关于邮票版权人，曾试图征求其同意，惜联络未果，谨于此一并鸣谢。

中国：许翼心、孙景、章长炳、杨海、龚建忠、中国辛亥革命研讨会

英国：Graham Hutt、成世雄、林道明、单声、叶焕荣、董淑贞、潘伟廉、郑健文、钟盘威、大英博物馆（British Museum）、大英图书馆（British Library）

美国：毛邦杰、史宗台、贝聿恺、周匀之、郑愁予、国民党美东支部、国民党美西支部、美国纽约中华公所

法国：林鸣岗

俄罗斯：白嗣宏

瑞士：杨玲

奥地利：Dr Richard Trappl

丹麦：Janet & JensDaabech

日本：三浦隆、陈福坡、（日本）孙文学会

泰国：黄新民、刘秉二、邓福恩、泰国中华会馆、泰国曼谷惠州会馆、泰国客家总会

马来西亚：庄延波

中国澳门：黄世兴

中国台湾：王广亚、朱高正、郁慕明、徐亨、庄健国、陈鹏仁、刘石吉、

谢启大、中国国民党中央党史委员会

中国香港：丁新豹、方淑范、方润华、王敏馨、王华生、司徒乃钟、何冬青、何沛雄、李志文、李东海、李广林、李国城、杜娟、阮德添、周守谦、周聪玲、林子英、林贝聿嘉、林建强、林伟强、邱立本、金耀基、洪子平、胡志伟、胡春惠、凌友诗、孙必达、孙国良、徐嘉慎、马家辉、张世杰、张有兴、张学明、庄仲希、郭俊沂、陈炳辉、陈坚、陈嘉敏、陈兴、章海陵、汤恩佳、汤显明、单周尧、冯彦、黄元璋、黄宏发、黄保欣、黄握中、黄炽雄、叶伟彰、叶刘淑仪、路祥安、邹华治、廖湘湄、廖汉和、赵善燊、刘皇发、潘汉唐、潘耀明、蒋震、蔡耀星、郑赤琰、邓羽林、黎锦文、萧国健、龙炳梁、谢郇海玲、简松年、钟伟平、罗运承、孔教学院、香港崇正总会、香港中国文化协会中山图书馆、香港大学冯平山图书馆、新界乡议局妇女青年事务委员会、苏浙沪同乡会、港澳台湾同乡会

本书2021年由北京的团结出版社出版（简体字增订本）：承蒙江可伯先生赞助，金耀基教授题签。亦蒙李龙镳、梁和平、刘建业、陈德泉、李晓盈、许朝英、区志坚、胡欣立、梁立新、叶子权、游海龙、章海陵、俞球永、香港珠海学院亚洲研究中心、香港珠海学院文史研究所、香港新界乡议局秘书处协助，在此一并致谢。

图片提供：陈鹏仁、大英博物馆（British Museum）、大英图书馆（British Library）、中国国民党中央委员会文化传播委员会党史馆、纪念黄世仲基金会

（排名不分先后，以笔画序）

Abstract

During my research of Huang Shizhong's novel, A Tablet of the Party Members, I was surprised to find that what really changed the fate of the Chinese nation was Hong Kong. In overthrowing the Qing Dynasty and building up a democratic republic, Hong Kong residents played a key role, and the spirit of the Chinese Revolution was in Hong Kong. Although Hong Kong was a British colony, most of the residents here were ethnic Chinese with a strong national spirit, providing the seed for the Chinese revolution.

Hong Kong was closely connected with the Chinese Revolution. Dr. Sun Yat-sen (1866-1925) said, "People used to ask me, 'Where and how did you get your revolutionary thought?' Now let me answer straightforward: from Hong Kong." Amidst the eleven uprisings organized by him, three took place in Canton. And many revolutionaries, including Huang Shizhong, were either Hong Kong residents or Cantonese. The two major revolutionary societies, Society for Regenerating China and Chinese Revolutionary Alliance were primarily based in Hong Kong. So were most of their anti-Qing activities and political propaganda.

Sun Yat-sen started the first uprising on 27 October 1895, 114 years ago. That uprising failed without even firing a shot, but no one had studied why. Huang Shizhong's novel, A Tablet of the Party Members, is the first novel that describes this uprising, as well as the first novel based on the revolution led by Sun Yat-sen. It has the significance of promoting the overthrow of the Qing Dynasty. It records the revolutionary history of that period in a journalistic and vivid manner.

The significance of the 1911 Revolution is marching towards democracy and republic, which in Chinese literally means peaceful co-existence. Since then, the Chinese had treaded on the wrong path. Luckily, now the regimes across the Strait have again reached consensus and returned to the original target of the 1911 Revolution – democracy and peaceful co-existence. The "one country two systems" of Hong Kong is precisely peaceful co-existence, such that Hong Kong is an ideal place for pursuing and practicing the spirit of the republic. In Hong Kong, there are China investments, foreign investments and Taiwan investments. Both pro-Peking and anti-Peking magazines can be published here. Isn't this peaceful co-existence?

Huang Shizhong (1872–1912) was a talented journalist, political commentator, novelist, and revolutionary in late Qing Dynasty. He started quite a few newspapers and journals, and took part in a Cantonese opera theatre. Moreover, he incited revolution against the Qing Dynasty. Altogether, he wrote 20 anti-Qing and anti-imperialism novels. He took part in the "3.29" Guangzhou Uprising in April 1911, the last unsuccessful uprising launched by the Chinese revolutionaries against the Qing Dynasty before the unfolding of the Wuchang Uprising in the same year. In 1912, he was trapped and killed indirectly by a reactionary element.

In order to search for and collect the personal data of Huang Shizhong, the background materials of A Tablet of the Party Members, and the historical materials of the Nationalist Party, I spent several years painstakingly visiting libraries in Hong Kong, the Chinese Mainland and Taiwan. I even traveled to the British Museum in London in order to look for manuscripts of Dr. Sun Yat-sen and data about his detention in the Chinese legation in London in 1896. I also visited the branch offices of the Nationalist Party in the Western and Eastern coasts of the United States, where I discovered certain rarely known but touching anecdotes of Dr. Sun.

When I was writing and revising this book, I often worked myself to exhaustion till early morning. However, as soon as I thought of the ordeal of the revolutionary hero, Huang Shizhong, I seemed to see the bitter expression in his eyes. And I told myself that this remarkable man died at the age of 41, while today people of this age are still being cultivated as potential candidates or successors. Thus I became spirited, invoked the spirit of Huang, and requested him to share the iron in his blood, his talents, integrity and perseverance with our contemporary politicians.